부검 스페셜리스트

부검 스페셜리스트 2

가프 현대 판타지 소설

초판 1쇄 찍은 날 § 2020년 2월 24일
초판 1쇄 펴낸 날 § 2020년 3월 2일

지은이 § 가프
펴낸이 § 서경석

총괄팀장 § 노종아
편집책임 § 박현성
디자인 § 소소연

펴낸곳 § 도서출판 청어람
등록번호 § 제387-1999-000006호
등록일자 § 1999. 5. 31
어람번호 § 제1-3091호

주소 § 경기도 부천시 부일로 483번길 40 서경B/D 3F (우) 14640
전화 § 032-656-4452 팩스 § 032-656-4453
http://www.chungeoram.com
E-mail § chungeorambook@daum.net

ISBN 979-11-04-92153-7 04810
ISBN 979-11-04-92151-3 (세트)

가프 현대 판타지 소설

2

부검
스페셜리스트

목차

주1
이 글은 '픽션'입니다. 오직 '소설'로만 읽어주시기 바랍니다.

주2
부검 결과는 통상 수일에서 몇 달까지 걸립니다만 스피디한 전개를 위해 부득 단축하고 있는 점을 참고 바랍니다.

주3
국과수 법의관들이 경찰 등에서 의뢰한 부검에 치중하는 데 비해 미국 검시관들은 부검+현장 조사, 지휘까지 겸하고 있습니다. 작품 속에서는 작가의 편의상 국과수 법의관을 '검시관'으로 표기하고 있음을 양해 바랍니다.

제1장

—

전면에 나서다Ⅱ

윤석용 행자부 장관, 장용갑 경찰청장. 두 사람의 맞은편에 국과수 소장과 백 과장, 피경철에 창하가 배석했다. 측면의 좌석에는 채린과 이장혁 검사가 포진한다. 조길부 청와대 민정수석은 창가에 있었다. 밖을 내다보며 VIP와 통화를 한다. 표정이 어둡다. 테이블의 표정도 덩달아 무거워졌다.

행정 직원 은지가 들어와 자료를 세팅했다. 지금까지의 희생자들 부검 자료와 유사 범죄, 기타 심장과 연관된 사고사의 내용들이었다.

"예, 알겠습니다."

통화를 끝낸 민정수석이 한숨을 쉬었다.

"VIP십니까?"

민정수석이 자리를 잡자 장관이 물었다.

"예."

"질책이시죠?"

"……."

"시작합시다. 누가 참신한 의견 좀 내보세요."

장관이 참석자들을 돌아보았다. 제일 먼저 일어선 건 이장혁 검사였다.

"일곱 번째 희생자입니다. 초기의 두 건은 지방에서 일어나더니 이번 두 건은 거푸 수도권입니다. 프로파일러를 투입하고 지오프로스를 돌려보지만 매번 빗나가고 있습니다. 수사 인력 보강이 절실합니다."

"지오프로스가 뭡니까?"

수석이 물었다.

"미국의 크라임 스태트에 비견되는 한국형 지리 프로파일링 시스템입니다. 수사 중인 범죄 정보를 입력하면 동종 범죄자와 범죄의 성향을 분석해 범인의 은신처나 범죄 발생 예측 반경을 좁혀주는……."

"됐고, 다음으로 넘어가세요."

수석이 말을 잘랐다. 그가 기대하는 건 성과였으니 마음이 급한 것이다.

"경찰청 과학수사센터 차채린 팀장입니다."

다음으로 채린이 일어섰다.

"죄송하지만 경찰 과학수사센터의 전 직원이 협력 수사에 분석까지 매달리고 있지만 성과가 없었습니다."

"허어, 대체 경찰과 검찰은 뭐 하는 곳입니까? 국민들이 불안에 떨고 있어요."

"하지만 오늘 비로소 성과가 나온 것 같습니다."

"뭐요?"

"범인의 키 말입니다. 비슷한 체격 조건을 가진 범죄자나 무술 고단자 등을 추려내도록 지시해 두었습니다. 이 선생님 말처럼 장기에서 DNA가 나온다면 수사에 속도가 붙을 수 있습니다."

"이 선생."

수석의 시선이 창하를 겨누었다.

"예."

"아까 말한 범행 도구 말이오, 가능한 겁니까?"

"상식적으로는 불가능하지만 이미 벌어지고 있지 않습니까?"

"허어. 이거야 원… 지금 무슨 중국 무술 영화를 찍는 것도 아니고……."

"차 팀장님."

창하가 채린을 호명하며 말을 이었다.

"제게 말하길 미국의 사례도 검토해 봤었다고 했었죠?"

"예."

"수석님께 말씀드리시죠."

창하가 요청하자 채린이 일어섰다. 그녀는 요점만 추려 보고를 했다. 약 60여 년 전, 미국에서 일어난 사건 기록이었다.

"미국에서도?"

수석이 소스라쳤다.

"거기 범인도 무술 고단자였습니까?"

"죄송하지만 범인을 검거하지 못하고 종결되었습니다."

"그렇다면 그 범인이 한국으로 건너왔다는 겁니까? 60년 전이라면 당시 범인이 스무 살이었다면 80세… 아니면 그 수법을 전수받은 제자?"

수석의 목소리가 높아졌다. 그게 말이야 막걸리야? 수사진에 대한 호된 질책이었다.

"사례를 말씀드린 것뿐입니다."

"희생자가 일곱이에요. 나이대는 여섯 살 어린이를 시작으로 16, 26, 37, 47, 57, 67… 다음은 78, 88, 98세 차례입니까? 인터넷에서는 100대 나이까지 한 세트로 묶어 희생당할 거라는 소문이 공공연하게 돌고 있어요. 이런데도 검찰과 경찰이 밝혀낸 게 고작 미국의 사례냐고요?"

"그래서 오늘 나온 단서에 고무되었다고 말씀드렸지 않습니까? 미국도 두 손을 든 케이스. 개구리 소년들 사건처럼 영원한 미궁으로 들어가기 전에 어떻게든 해결해 보고 싶으니까요."

"당신, 지금 나한테 엉기는 거야?"

수석이 눈빛을 세웠다.

"현황 보고를 원하시니 현황을 말씀드리는 것뿐입니다. 참고로 말씀드리자면 수사할 시간에 이런 보고만 벌써 28번째입니다."

"이봐!"

수석이 테이블을 내려치며 질책을 이어갔다.

"지금 뭐가 선후야? 검경이 범인을 검거하면 누가 대책 회의를 하겠어? 범인 파악도 못 해, 범행 흉기도 못 밝혀, 범행 예측도 못

해. 그러니 내가 흥분하지 않게 생겼어? 당신들 덕분에 VIP 지지율이 6%나 떨어졌다고.”

수석의 목소리가 높아지는 동안 창하의 시선은 현황판에 있었다. 희생자들 나이와 지역이 보인다.

[6—16—26—37—47—57—67]

일곱 희생자들의 나이이다. 이 규칙으로 보면 수석의 말에도 일리가 있다.

666—7777—888…….

희생자들의 나이에는 분명 숨은 메시지가 있었다. 방성욱이 전해준 바로는 81명분의 심장. 과연 어떤 차례로 그 심장을 적출하는 걸까?

‘점성술사…….’

그를 생각했다. 방성욱 프로젝트의 시작은 그였기 때문이다. 테이블 밑의 손으로 조용히 핸드폰 화면을 넘겼다. 그와 관련된 사진을 보면 뭔가 떠오를 것 같았다.

‘아!’

한 화면 앞에서 창하 호흡이 멈췄다. 창하가 그린 작품의 하나였다.

[멜랑콜리아]

독일 화가 알브레히드 뒤러의 작품이다. 전공의 2년 차 말부터 시간이 날 때마다 그려서 완성한 작품. 이 판화에는 4차 마방진이 새겨져 있었다.

'마방진…….'

순간 강렬한 예지 하나가 창하의 뇌를 치고 갔다. 메모장에 숫자를 써보았다. 26과 67의 다음은 36이었다. 희생자들의 규칙을 알 것 같았다.

"제 생각으로는……."

뼈를 찌르는 듯한 침묵을 창하가 깨버렸다.

"다음 희생자는 78세가 아니라 36세일 가능성이 높습니다."

"뭐요?"

수석의 눈빛이 고무공처럼 튀었다.

"무슨 근거로 그런 말을 하는 거요?"

"기 희생자들의 나이가 말해주고 있습니다. 6—16—26—37—47—57—67처럼 나이순으로 배열하지 말고 사망 시각 순으로 분류하면 37—6—47—16—57—26—67이 됩니다."

"그래서요?"

"9차 마방진의 첫 세로줄 순서입니다. 67 다음에 오는 수는 36입니다."

"이봐요. 검시관 선생. 지금 수학 놀이 하자는 겁니까? 나도 보고서 읽고 왔는데 사건 발생은 그런 순이 아니었어요."

"시분초의 사망 시각은 현대 부검에서도 틀릴 개연성이 있습니다."

"그 말은 경찰의 사망 시간 발표를 국과수가 부정하겠다는 겁니까?"

"......"

창하가 입을 닫았다. 거기까지 갈 수는 없는 이야기였다.

때룽때르룽!

분위기가 무거워질 때 전화기가 울렸다. 백 과장이 전화를 받았다. 확 고무되는 표정이 보였다.

"손상 부위에서 범인 것으로 보이는 DNA 분리에 성공했답니다. 다만 좀 독특한 편이라 재확인 중이라고 합니다."

"정말입니까?"

고관들의 구겨진 인상이 다림질을 받은 듯 시원하게 펴졌다. 마침내 범인의 단서를 잡아낸 것이다.

"이 선생, 수고했어요."

수석이 일어나 창하의 어깨를 두드렸다. DNA를 범인 검거의 만능 해결사로 생각하는 사람들. 그러니 이제 이 공포 게임은 끝난 거라고 생각했고, 그렇기에 조금 전의 일 따위는 까맣게 잊는 수석이었다.

"총력을 다해서 범인 검거하세요."

후끈 달아오른 수석이 자리를 떴다. 장관과 경찰청장, 소장 등도 그를 따라 나갔다.

"DNA 선물, 고마워요."

채린이 창하에게 호의를 표했다.

"모든 접촉은 흔적을 남긴다. 기본이잖아요."

창하가 웃었다.

"여기 인사하세요. 이 미궁 살인사건의 검찰대책본부 실무 책임자 이장혁 검사님. 인간미는 제로 빵이지만 제 고등학교 2년 선배예요."

채린이 장혁을 소개했다.

"너는 뭐 인간미 좋은 줄 아냐? 이장혁입니다."

장혁이 손을 내민다.

"고교 동창요? 굉장한 인연들이시네요?"

창하가 말했다.

"굉장하기는요, 지겹죠. 신입생 소집장부터 자기네 동아리 들어오라고 쫓아다녀서 질렸는데 다시는 안 보나 싶었더니 이렇게 만나 버렸어요."

채린이 염장을 지른다.

"야, 나도 마찬가지거든. 어디 가서 의사나 되었거니 했더니 경찰대학을 나와 가지고……."

"고마운 줄 아셔. 그래서 이 선생님 만나게 해줬고 범인 신장에 DNA 단서까지 잡았잖아."

"그나저나 이 선생님."

젊은 피 셋만 남게 되자, 장혁 눈빛에 활기가 돌았다.

"예."

"아까 그 무술 고단자 가설 말입니다. 의학적으로도 가능한 겁니까? 신빙성을 어느 정도로 봐야 할까요?"

"그건 단지 이해를 돕기 위한 설명이었습니다."

"팩트가 아니라는 겁니까?"

"혹시 초능력 믿으세요?"

"초능력?"

"평범해 보이지만 굉장한 능력을 가진 사람들이 있죠."

창하의 방점은 ‘능력’에 있었다. 고대에서 이어지는 살귀들의 악행. 초능력이라는 단어를 차용할 수밖에 없었다.

“듣기는 했습니다만…….”

“아까 어떤 살인 현장에 다녀왔는데 현장감식 팀이 너무 선명한 현장 분위기 때문에 디테일을 놓쳤더군요. 결국 범인에게 놀아난 꼴이 되었고요.”

“……?”

“범행 도구가 손이라는 것. 일단은 그것만 유념하시면 좋겠습니다. 제가 손이라고 하니 다들 철사장이나 무술 고단자를 연상하시는데 어쩌면 무술과 상관없을 수도 있습니다.”

“이 선배, 우리 이 선생님 합수본에 합류시키자.”

채린이 의견을 던졌다.

“나도 방금 그 생각하던 참이다.”

“차 팀장님은 그 전에 할 일이 있을 텐데요?”

창하가 딜을 상기시켰다.

“그것만 해결하면 합류하는 겁니까?”

“뭐 과장님, 소장님 허락이 떨어지면…….”

“좋아요. 잠깐만 기다리세요. 지시 내려두었거든요.”

채린이 바로 전화를 걸었다. 통화는 길지 않았다. 사이다처럼 시원시원한 성격이었다.

“사진 분실은 형사 팀 김형석, 확인 결과 본인은 그런 거 본 적도 없다고 발뺌, 당시 형사 팀장이던 나동광 서장에게 확인하니 오래전 일이라 기억하기 어렵다고 일축. 같은 경찰이지만 좀 개판이네요.”

"나동광 서장이요?"

창하 눈이 휘둥그레졌다. 나동광은 아버지의 친구였다. 고작 십몇 년 전의 일인데 자신이 담당했던 사건을 기억하기 어렵다니 이해할 수 없었다.

"선생님."

"예?"

"우리 제대로 엮인 거 같은데 솔직히 까놓고 얘기하죠. 이거 진짜 팩트가 뭡니까?"

채린의 촉이 발동을 했다.

"……."

"단순한 부검 문제 아니죠?"

"그게……."

"말씀하세요. 사건이면 어차피 경찰이나 검찰이 마무리해야 하잖아요."

"……."

"선생님."

"실은 아버지 건입니다."

"이렇다니까."

"제가 고등학교 때 돌아가셨는데 아무래도 미심쩍은 부분이 많았습니다. 그런데 검시관이 되어 당시 사진을 보니 살인 의심이 가서요. 그래서 부검 자료를 들여다보았는데 부검 사진이 통째로 누락이 되었더라고요."

"응? 방금은 사진을 보고 심증을 굳혔다면서요?"

"그건 장례식 당시에 제가 찍은 사진입니다."

"저도 좀 볼 수 있을까요?"

"그러죠."

창하가 핸드폰 파일을 열었다. 아버지의 장례식 사진이 나왔다. 등에 손자국이 박힌 사진이었다.

"음주 후에 2층 계단에서 굴러서 실족사하셨다?"

창하 설명을 들은 채린이 물었다. 이장혁도 관심을 보였다.

"부검은 그렇게 나왔었습니다."

"이상하네요. 빈집에서 사람이 죽었다면 일단 살인에 대한 가능성도 염두에 두어야 하는 게 원칙인데 사건 기록에는 소환된 사람이 한 명도 없어요. 그렇다면 처음부터 작정하고 사고사로 갔다는 건데……."

"그렇네?"

장혁의 고개도 갸웃 기울었다.

"잠깐만요."

채린이 다시 핸드폰을 눌렀다. 이번 통화도 긴 편은 아니었다.

"아무래도 의혹이 있네요. 배 경위가 김형석 형사와 통화한 바로는 당시 김 형사가 참고인 네 명에 대한 조사를 준비하다가 나동광 팀장에게 사건을 넘겼다고 해요. 그렇다면 나 팀장이 수사 플랜을 바꿨다는 건데……."

"그 네 명의 이름도 알 수 있을까요?"

"잠깐요."

핸드폰을 뒤진 채린이 낯익은 이름들을 쏟아놓았다.

남한봉, 진기수, 서승예, 조갑순.

"서승예는 저희 이모고, 조갑순은 할머니십니다."

"둘은 가족이니 실질적 용의자는 남한봉과 진기수 둘 중 하나일 가능성이 높군요?"

"제 생각도 그렇긴 합니다."

대화하는 사이에 원빈이 다가왔다.

"왜요?"

창하가 물었다.

"이거요. 선생님이 부탁하신 손 모형이 나왔다고 해서……."

원빈이 실리콘 손 모형을 내밀었다.

"기막히네요. 왼손 약지 부분에 난 흠까지 살렸잖아요?"

"3D 실력이 죽여주거든요. 아, 그 체크하신 부분의 물체는 선생님 예상대로 반지인 것 같다고 하네요."

"고맙습니다."

"별말씀을 다 하십니다."

인사를 남긴 원빈이 돌아섰다.

"그게 아버지 등에 남은 손자국 모형인가요?"

채린이 물었다.

"예."

"그럼 재수사 시작하면 되겠네요? 설마하니 선생님이 직접 해결할 건 아니죠?"

"재수사해 주시면 고맙죠."

"선배, 들었지? 재수사 부탁해요."

채린이 장혁에게 말했다.

"내가?"

"아니면 과학수사요원인 내가 할까? 선배가 직접 하든지 아니면 위아래로 시켜먹든지 알아서 해."

"야, 차채린."

"선생님, 손 모형하고 사진 증거물 넘기세요. 보아하니 용의자들 데려다 당일 행적 조사하고 손만 대조해도 어렵지 않게 풀릴 거 같아요. 이렇게 밥상까지 차려주는데 못 하면 수사권 내놔야지."

"야, 너 진짜……."

"이 선생님 실력 봤지? 내가 피 선생님께 여쭤봤더니 앞으로 국과수 부검 에이스감이라고 하시더라고. 미궁 살인은 물론이고 다른 부검 건도 신세 질 일 많잖아? 그러니 초고속으로, 알았지? 난 피살자 현장 체크하러 가야 하거든. 목격자도 찾아야 하고."

"다 좋은데 이걸 네가 왜 인심 쓰는 거냐고?"

"내가 먼저 이 선생님 능력 알아보았으니까 우선권 선점."

"우선권? 우워어."

장혁이 거품을 무는 사이에 창하가 손 모형을 건네주었다. 아버지 사건 재수사가 정식 점화되는 순간이었다.

제2장

—

최악의 시신

"유 선생님."

채린을 보내고 디지털 분석실에 들렀다.

"어머, 이 선생님."

화면 분석에 집중하던 유수아가 반색을 했다.

"손상 부위 윤곽 분석 지원, 손 모형 두루 고마웠습니다."

"별말씀을요. 저도 뭔가 기여한 거 같아 영광이었어요."

"바쁘시네요. 업무 보세요. 나중에 한가해지면 밥 한번 쏠게요."

"네, 잘 얻어먹겠습니다."

수아가 답했다. 인형처럼 생긴 여자가 붙임성도 좋았다.

"이 선생, 나 좀 보지."

사무실로 돌아가는 길에 권우재를 만났다.

"나 참."

그의 방으로 들어서니 콧김부터 뿜는다.

"왜 이러는지 알지?"

눈빛도 칼각으로 변하는 권우재.

"모르겠습니다."

창하가 답했다.

"이 친구, 정말!"

그의 목소리가 튀었다. 척 보아도 혈압이 잔뜩 고조된 상황. 그나마 참고 있는 게 저 모양이었다.

"뭐? 손을 넣어서 심장을 따 가?"

"……."

"아무리 미궁에 빠진 초유의 사건이기로 그게 말이 돼? 차라리 구미호가, 아니, 악마가 지옥에서 나와 심장을 따 먹었다고 하지 그랬어?"

—그 말이 맞습니다.

창하의 가슴이 말했다. 입은 열리지 않았다.

방성욱과 점성술사가 알려준 진실.

그러나 여기는 과학으로만 설명해야 하는 국과수. 국립'과학' 수사연구원이었다.

"당장은 보안 사항이지만 언젠가는 결국 새어 나갈 일이야. 수습할 자신 있어?"

"네."

이 대답은 상상이 아니었다.

"네?"

권우재 억장이 무너진다. 기가 막히는 것이다. 그 심정을 알 것 같았다. 하지만 현재로서는 할 말이 없었다. 범인이 잡혀야, 그래야만 증명이 되는 것이다.

"미치겠군. 부검 재주 좋다고 치켜세워 주니까 국과수가 의대 실습장인 줄 알아? 이거 수습 안 되면 소장님 모가지야. 아니, 어쩌면 본원 원장님 목도 날아갈지 모르지."

"아직은 날아간 게 아니지 않습니까?"

"뭐야?"

"황당한 거 이해합니다. 하지만 초유의 일이라고 해도 팩트는 팩트입니다."

"그래서 여전히 미궁 살인범의 연장은 손이다?"

"예."

"아니면?"

"제가 사표 내고 가죠."

"지금 이 선생 사표 따위가 문제야?"

권우재가 영문 신문을 팽개쳤다.

따위?

그 말이 창하 귀를 자극했다.

"기자회견도 하겠습니다. 신참 부검의가 관종에 공명심이 겹쳐 허튼 상상을 했다고. 그래서 국과수 부검의 여러 선생님들 명예에 누를 끼쳤다고. 그러면 되겠습니까?"

"허어……."

"대신 권 선생님."

"대신 뭐?"

"만약 제가 옳으면 여러 선생님들 앞에서 공식 사과를 해주시기 바랍니다. 오늘의 이 질책 말입니다."

"뭐야?"

"그렇게 알고 물러가겠습니다."

보란 듯이 인사를 하고 나왔다. 권우재의 고함이 따라 나오지만 돌아보지 않았다.

느껴졌다.

미궁 살인마와의 전쟁은 이미 벌어졌다. 국과수 안에서의 논란도 피하기 어렵다. 이렇게 되면 오롯이 창하의 길을 갈 뿐이었다.

국과수가 출렁거렸다. 원주 본원에서의 전화가 빗발치고 방송사에서도 기자들이 몰려왔다. 보도진들은 백 과장과 피경철이 상대했다. 그들은 기자들 다루는 법을 알고 있었다.

"특이하지만, DNA가 나왔고 지금 긴급 분석 중입니다."

요점은 그것이었다. 기자들이 쏟아내는 폭풍 질문은 보도 자료로 갈음했다.

그날 저녁 방송과 인터넷은 부검 결과로 도배가 되었다. 기자들은 온갖 경우의 수를 들이대며 살인의 심각성에 대해 메스를 대고 있었다. 그래 봤자 추측이나 상상의 나래였다. 어떻게 찾았는지 미국의 미궁 살인까지 들이대지만 결론은 허무의 답습에 불과했다.

창하가 밝힌 피살 규칙에 대한 말은 언급되지 않았다. 그들이 주목하는 건 사망자들의 '세대'였기에 다음번 희생자가 나온다면 70대일 거라는 예상만이 난무했다.

퇴근한 창하는 미궁 살인 자료를 보고 있었다. 일곱 희생자들의 상흔 윤곽도였다. 다들 살인 도구와 방법에 집착하지만 창하는 윤곽에 집중했다. 아무리 봐도 차이가 있었다. 손가락을 모아 보기도 하고 펴보기도 하며 사이즈를 가늠해 본다.

'적어도 둘, 아니면 셋.'

골똘하는 사이에 핸드폰이 울렸다. 중국의 창길이었다.

—살인인 거 같다고?

창길이 소스라쳤다. 창하가 아버지 주검의 재수사를 알린 것이다. 어차피 공식화되었으니 이제는 형도 알아야 했다.

—확실하냐?

"왜 이래? 나 국과수 검시관이야."

—장난하냐? 국과수 간 지 얼마나 됐다고. 게다가 아버지는 화장을 했으니 시신이 남은 것도 아니고…….

"시신은 없지만 증거는 있어."

—너, 혹시 그때 그?

창길의 목소리가 높아졌다. 장례식장의 일이 생각난 모양이었다.

"내가 말했었잖아? 뭔가 이상하다고… 그 사진 다시 보고 여기 전문가들에게도 보여줬는데 살인의 개연성이 있다는 의견이 나왔어."

—그래?

창길이 신중해진다. 국과수 전문가까지 인정했다니 신빙성이 높아지는 눈치였다.

—그래서?

“재수사 의뢰했어. 국과수에 오니 검사하고 경찰들 좀 알게 돼서…….”

—이야, 우리 창하 잘나가네?

“형 생각은 어때?”

—뭐가?

“아버지…….”

—글쎄… 나도 믿기지는 않았지. 아버지가 어떤 분이냐? 내가 아는 아버지는 죽었다 깨어나도 술 취해서 2층 계단에서 구를 분이 아니야.

“그렇지?”

—그나저나 살인이면 범인이 누굴까?

“검찰에서 뒤져본다고 했으니 연락이 올 거야.”

—너무 오래되어서… 괜찮을까?

“그게 좀 걱정이긴 해. 당시라면 간단하게 입증할 수 있는데 10년도 더 지난 데다 시신이 없으니…….”

—살인이라면… 아마도 채권채무관계일 가능성이 높은데…….

“돈?”

—너는 잘 모르겠지만 아버지가 사람 믿는 거 좋아하셔서 차용증이나 공증 같은 거 안 받고 거래 많이 하셨거든. 가만, 너 아버지 책 꾸러미 가지고 있었지?

"응."

창하가 답했다. 아버지는 책을 좋아했다. 그렇기에 소장용 책이 200여 권 있었고, 창하가 이모네 집으로 가면서 거기로 옮겨두었다.

—그거 뒤져보면 뭐가 좀 나올지 모르겠다. 어쩌다 편지 같은 거 받으시면 책갈피에 찔러둘 때가 있었거든.

"책 대부분은 이모네 집에 있는데 안 버리셨으려나? 박스째 보일러실에 쌓아뒀었는데……."

—며칠 후에 내가 귀국하니까 같이 가서 찾아보자. 이모한테는 내가 미리 좀 뒤져보라고 전화해 둘게.

"알았어."

통화를 끝내고 책장 앞에 섰다. 두툼한 원서들 사이에 아버지의 책 몇 권이 보였다. 그 많은 책을 다 지닐 수 없으니 몇 권만 추려 온 창하였다.

「세종대왕」

「맹자」

「뇌」

군의관으로 근무할 때 세 번씩 읽어 누렇게 뜬 책. 좌라락 넘겨보지만 아버지의 흔적은 밑줄뿐이었다. 턱을 들어 밤하늘을 보았다. 세상에는 타이밍이라는 게 있다. 등에 남은 손자국은 타살의 키가 될 수 있다. 하지만 역시 타이밍이 늦었다. 누군가 아버지를 타살했다고 해도 적당한 이유를 대면 살인의 기소는 어려워진다. 범인이 고이 자백을 한다면 모를까.

다음 날 창하의 출근은 빨랐다. 부검 때문이었다. 검시관들에게 배정되는 부검 건수는 대략 정해져 있었다. 적으면 1건이고 많으면 3건이다. 그러니 빨리 끝내고 아버지 사건을 짚어볼 생각이었다. 기왕 시작된 일이니 끝장을 봐야 했다.

창하에게 배정된 첫 부검의 주인공은 남자 중학생이었다.

"아버지가 전과자로 술이나 퍼마시면서 가난에 찌든 집안입니다. 성북의 옥탑방에 아들과 단둘이 사는데 아들이 저녁 늦게 돌아오자 한 대 쥐어박았다네요. 아들이 넘어지면서 머리를 벽에 부딪쳤고 다시 일어나 잠이 들었는데 두어 시간 후에 기척이 없길래 흔들어보았더니 호흡이 멈췄다고 하더군요. 일단 살인 혐의로 구속해 두고 시신을 운구해 왔습니다."

강력 팀 형사가 사건 개요를 알려주었다. 현장 사진도 몇 장 꺼내놓는다. 너저분한 현장, 특별한 건 보이지 않았다.

"아버지가 한 말은 그게 답니까?"

"전과자 아닙니까? 이런 놈들은 대개 질이 안 좋아요. 보나 마나 방망이 같은 걸로 후려치고는 애가 죽으니까 오리발 내밀고 있는 거죠."

"평판도 그래요?"

창하가 캐물었다. 형사가 내린 단정이 마음에 들지 않았다.

"뭐, 주인 얘기로는 가끔 애를 잡기는 하지만 그렇게까지 모진 사람은 아니라고……."

"사망자의 정보는요?"

"뻔한 사건인데 그런 것도 필요합니까?"

"병원 치료 기록 같은 거 같이 알아봐 주세요."

"……."

형사 표정이 굳는다. 그는 이 부검을 형식적으로 생각하는 모양이었다. 하지만 창하는 아니다. 창하의 부검대에 올라온 이상 대충 넘길 생각은 없었다.

"아, 이래서 지역 검시관에게 가려고 했더니……."

형사가 궁시렁궁시렁 통화를 시작한다.

"곧 뽑아서 보낸답니다."

"그럼 가시죠."

창하가 일어섰다. 미리 예단하고 꿰맞춰 가려는 형사와 무슨 말을 더 섞을까? 검시관은 언제나 부검으로 말할 뿐이었다.

"선생님."

광배와 원빈은 레디 상태였다. 녹색 부검복에 마스크와 라텍스 장갑, 그 아래 놓인 시신까지 더할 수 없이 반듯했다.

"끌까요?"

원빈이 스위치 앞에서 묻는다. 창하가 고개를 끄덕이자 전원이 나갔다.

"왜, 왜요?"

형사가 당황하지만 창하는 시신에 몰입할 뿐이다.

15살의 중학생.

꿈도 많고 하고 싶은 것도 많은 나이다. 습관처럼 가슴 먼저 보았다. 아련한 링 같은 건 보이지 않았다. 시신을 보며 사망 과정을 복기한다.

「사망자는 평소보다 늦게 돌아왔다. 아버지가 한 대 때려 벽에 머리를 부딪쳤다. 그길로 잠들었는데 얼마 후에 호흡이 끊겼다.」

어둠 속에서 머리를 본다. 시신과의 교감이다. 부검 달인이었던 방성욱은 이런 행위만으로도 사인을 알 수 있었을까?

"불 켜주세요."

창하가 말하자 다시 불이 들어왔다. 외표 체크를 시작했다. 시작점은 눈이었으니 눈꺼풀을 까보고 손을 내밀었다. 원빈이 주사기를 쥐어주었다. 눈동자 안에는 '초자체액'이라는 물질이 있다. 안구가 둥근 것은 이 물질 때문이다. 안구의 형태를 유지시켜 주는 투명체가 바로 이것이었다.

"혈액검사하고 같이 전해질 분석 좀 맡겨주세요."

초자체액을 뽑아 분석을 넘겼다. 다음으로 얼굴과 머리의 손상을 확인했다. 왼쪽 뺨이 오른쪽보다 붉었다. 따귀를 맞은 흔적이다. 머리의 멍은 오른쪽이다. 힘의 작용을 따라 벽에 충돌한 것이다.

찰칵!

카메라에 손상을 남겼다.

코에 면봉을 넣고 입을 벌려 안을 살폈다. 귓구멍도 빼놓지 않는다. 손가락 발가락을 다 살피고 시신을 돌렸다. 등에 손자국이 있었다. 크기가 다른 여러 자국이다. 목숨을 위협할 정도는 아니다.

인디언 밥!

어릴 때의 장난이 떠올랐다. 어쩌면 또래들끼리의 장난일 수도 있었다.

찰칵!

그 또한 카메라에 담았다.

이제는 메스가 출동할 차례였다. 담담하게 Y를 그리며 내려갔다. 시신의 복강은 깨끗했다. 나이가 어린 탓도 있지만 지방 한 덩어리 보이지 않는다. 배를 곯으며 자랐다는 방증이었다.

하지만 문제가 있었다. 심장이었다. 부정맥이 일어난 것이다.

"의료 정보 아직입니까?"

창하가 형사를 바라보았다.

"그냥 머리부터 까보면 안 됩니까? 그거 보면 답 나올 텐데……."

"형사님!"

창하가 눈빛을 세웠다.

"아, 씨……."

돌아선 형사가 핸드폰을 꺼낸다. 통화가 길어진다.

"머리 열까요?"

광배가 전동톱을 들며 물었다. 이제는 타이밍이었다.

"그래 주세요."

위이잉!

창하 말이 떨어지기 무섭게 전동톱이 작동을 시작했다. 순식간이었다. 창하가 자리를 옮겨가 머리덮개를 들어 올렸다. 뇌는 아직 구중궁궐 안이다. 하얀 경막이 뇌를 감추고 있는 것이다.

메스로 잘라내니 비로소 뇌가 드러났다. 대뇌이랑의 구불거리는 구조를 들추며 출혈을 찾았다. 보이지 않았다. 아버지가 때린 것은 사실이겠지만 사망의 원인은 아니었다.

그렇다면 왜 갑작스러운 심장 부정맥이 발생한 걸까?

"자료 왔습니다. 다른 병은 없고 정신이 살짝 정상치 미달이라 정신과 치료를 받은 적이 있답니다."

형사 말투가 투박하다.

"언제까지요?"

"작년 봄? 그 후로는 내원하지 않아서 진료 의사도 잘 모른다네요."

"전해질 검사 안 나왔나요?"

"잠깐만요."

원빈이 인터폰으로 다가갔다.

"나왔답니다. 나트륨이 108이라는데요?"

108.

수치를 들은 창하 미간이 구겨졌다.

"지금 이 아이 아버지와 통화가 됩니까?"

"그야……."

"하나만 체크해 주세요. 이 애가 사망 몇 시간 전에 물을 다량으로 마신 적이 있는지."

"물이요? 아니, 익사한 것도 아닌데 물이 무슨 상관이 있다고."

"상관이 있으니까 요청하는 거 아닙니까?"

창하 목소리에 힘이 들어갔다. 여기는 부검대. 형사가 결과를 좌우할 수 있는 곳이 아니었다.

"아, 씨… 야, 난데 이동재 아버지한테 말이야… 야, 이 시캬. 여기 높으신 부검의 선생님께서 필요하시다잖아?"

형사가 목청을 높였다. 불쾌한 기분을 에둘러 표현하는 것이다. 창하는 신경 쓰지 않았다.

"물 먹었답니다. 죽던 날도 밖에서 물 많이 먹었다고 머리가 아프고 토할 거 같다고 해서 속이 상해 한 대 쥐어박은 거라네요."

"스스로 먹은 게 아닐 겁니다. 물어봐 주세요."

—같은 학교 친구 몇 놈이 좀 골려먹는다네요. 아마 그놈들이 억지로 먹였을지 모른다고… 전에도 한두 번 그런 적이 있었답니다.

스피커를 통해 다른 형사의 말이 흘러나왔다.

"이제 됐습니까?"

형사가 짜증스레 물었다.

"살인일 수 있겠네요."

"그렇죠? 아, 거 쉽게 가도 될 걸 가지고……."

"하지만 아버지는 범인이 아닙니다."

"예?"

"학생이 사망한 건 머리를 부딪쳐서가 아니고 물 때문입니다."

사인을 밝히는 창하의 목소리, 천둥처럼 힘이 넘쳤다.

"예?"

"AWI, 급성 수분중독이에요. Acute Water Intoxication."

"수분중독? 그건 또 뭡니까?"

"갑작스레 물을 과음하면 사망할 수 있습니다. 전해질의 균형이 깨지면서 심장 부정맥을 초래하거든요."

"……?"

"안구에서 뽑은 초자체액의 나트륨 수치가 108입니다. 일반적으로 135—150 정도 나오는데 물중독이 되면 120 밑으로 내려갑니다. 일반인도 중독으로 사망할 수 있지만 이 학생은 정신질환 병력이 있으니 PP라고 Psychogenic Polydipsia의 일환일 수도 있습니다."

"PP 뭐요?"

"정신이상이 있는 사람들 중 일부가 한꺼번에 다량의 물을 마시는 일이 있거든요. 하지만 이 학생의 경우에는 정신질환이 심한 것 같지 않고 여기 등에 남은 손자국이 여럿인 것으로 보아 친구나 선배들이 강제로 먹게 한 것일 수 있습니다. 그랬다면 그 아이들이 사망의 책임을 져야 되겠죠."

"선생님……."

"지금 영화 속 이야기 하는 거 아닙니다. 물을 강제로 마시게 해서 사망에 이른 케이스는 셀 수도 없이 많으니까요."

"그, 그래도……."

"급성 수분중독에 의한 심장 부정맥 사망. 부검은 끝났으니 돌아가세요. 아."

돌아서던 창하가 한마디를 더해놓았다.

"미안하지만 다음부터는 말이죠, 추측과 감정은 경찰서에 내려놓고 와주세요. 부검에 방해가 되거든요."

"……."

멋대로 떠벌거리던 형사는 대꾸조차 하지 못했다. 몰래 웃은 건 광배와 원빈뿐이다. 냉장고에서 바로 꺼내 들이켜는 사이다 한 잔. 가슴을 뻥 뚫어주는 시원한 청량감이 거기 있었다.

창하도 그랬다. 하지만 그 기분은 오래가지 못했다. 손을 씻는 중에 문을 차고 들어선 원빈 때문이었다.

"왜요?"

창하가 돌아보았다.

"과장님 인터폰인데요. 다음 부검 들어가지 말고 대기하랍니다. 어마어마한 미궁 살인 시신이 오고 있다고……."

전달하는 원빈의 목소리가 떨렸다.

미궁 살인?

게다가 어마어마?

*　　　*　　　*

일급 비상.

국과수는 아연 긴장에 휩싸였다. 먼저 전송된 현장 사진 때문이었다. 일착은 창하의 핸드폰이었다.

"……!"

창하 눈동자에 지진이 일었다. 지금까지 일어난 미궁 살인과는 갈래가 달랐다. 인체가 분리되고 박살 난 시신이었다.

"이 선생."

피경철이 달려왔다.

"선생님."

"일 났네. 연속 미궁 살인이야."

그의 얼굴은 하얗게 질려 있었다.

"차 팀장님에게 연락받았습니다."

"현장 사진은?"

"그것도……."

"이거야 원……."

"피 선생님."

오래지 않아 소예나가 들어섰다. 피경철을 찾아 나섰다가 창하 방으로 간 걸 안 것이다.

"큰 부분은 대략 수습했지만 파편 잔해가 곳곳에 널려서 인근 3개 경찰서 감식 팀과 경찰청 과학수사대가 아직도 수색 중이라더군."

"……."

"대체 어떤 놈이 이토록……."

피경철이 치를 떤다.

"차가 들어와요."

소예나가 창밖을 가리켰다. 경찰차 두 대를 앞세우고 시신이 도착했다. 어시스턴트들이 분주하게 움직인다. 동시에 창하 방의 전화기도 요란하게 울렸다. 백 과장이었다.

"긴급 부검이네. 이 선생을 참석시키라는 소장님 지시네."

"알겠습니다."

창하가 방을 나섰다. 부검에 지정된 검시관은 피경철이었다. 소장과 과장은 사안의 중대성에 따라 자동으로 입회를 했다.

"억!"

부검실로 들어서던 피경철이 주춤 흔들렸다. 부검대 두 개가 붙어 있다. 시신은 하나가 아니라 둘이었다. 하나는 온전하지만 남은 하나는 완전 분해 수준이었다.

"이 선생님."

채린이 창하를 구석으로 잡아끌었다. 그녀의 얼굴은 창백하게 질려 있었다. 경찰과학수사센터의 핵심 차채린. 그 어떤 잔혹 범죄 앞에서도 꿋꿋하던 그녀가 왜 이토록 사색이 된 걸까? 그 답은 피살자의 나이에 있었다.

"선생님이 말한 대로 36세예요."

36세.

그녀는 넋이 나간 듯한 표정이었다. 창하가 두 손으로 어깨를 잡고 흔들었다. 그제야 그녀의 정신 줄이 제자리를 찾았다.

"DNA가 나오는 바람에 잊고 있었어요. 아니, 어쩌면 잊고 싶었는지도 모르죠. 그런데 이렇게 적중이 되었잖아요?"

"……."

"9차 마방진… 역시 그건가요? 그렇다면 다음 희생자는 77세?"

"아마……."

"그다음은 78세? 다음은 38세?"

"예."

"맙소사, 선생님은 대체 어떻게 안 거예요?"

"의사잖아요? 수학 좋아했고요."

"저도 과고 출신이에요. 수능에서 수학 만점 맞았다고요."

"혈흔 현장검증 생각나요?"

"혈흔?"

"그때 현장 수사관들, 너무 선명한 발자국에 홀려 숨은 혈흔을 놓쳤잖아요?"

"……?"

"팀장님도 그랬을 겁니다. 마방진 따위 모를 리 없지만 심장 적출과 세대별 희생자라는 더 큰 분위기에 홀린 거죠."

"맙소사."

그사이에 이장혁 검사가 도착하고 경찰청장과 경찰과학수사센터장이 들어섰다.

"대체 어떻게 된 건가?"

경찰청장이 물었다. 주차장에서 센터장의 보고를 받은 것으로는 충분하지 못했던 것.

"공사비 문제로 법적 시비에 휘말리면서 공사가 중단되는 바람에 흉물이 된 22층짜리 빌딩에서 터졌습니다. 공포 호러물 찍어서 연봉 십수 억을 올리던 36세 유튜버라는데 친구와 함께 들어가 촬영을 하다가 당한 모양입니다. 특이하게 나선형 계단 구조가 22층까지 이어지는 빌딩입니다. 그 22층에서 떨어지면서 돌출된 구조물에 연속 충돌, 각 층마다 신체 일부와 잔해가 떨어져 나갔습니다."

채린이 경과 설명을 했다.

"유튜버?"

"1층 로비에서 촬영 중이던 친구는 우리가 도착했을 때까지 목숨이 붙어 있었지만 구급차에 싣는 과정에서 사망했습니다."

"맙소사."

시신을 본 청장이 고개를 돌렸다.

"희생자는 두 사람이지만 1층의 친구는 횡경막 손상이 없고

낱낱이 분해된 희생자는 미궁 살인의 트레이드 마크 확인이 가능해서……."

채린이 시신의 몸통 부분을 가리켰다. 배꼽으로 상하 구분이 가능한 몸뚱이 늑골 아래의 횡경막. 이제는 낯익은 손상이 또렷하게 보였다.

"촬영 중이었다면 범인 모습이 잡혔나?"

"오는 길에 화면 확인을 했지만 희생자의 낙하 모습뿐이었습니다."

"다른 목격자나 CCTV는?"

"목격자는 탐문 중이고 CCTV 역시 인근 건물과 차량 블랙박스를 중심으로 탐문 중입니다."

"미치겠군. 단 하루 사이에… 대체 근무를 제대로 하는 거야, 뭐야?"

청장이 핏대를 올리는 사이에 부검실 불이 꺼졌다.

"뭔가?"

청장이 목청을 높였다. 그러자 나직한 창하 목소리가 그 귀를 파고들었다.

"부검 시작합니다."

이번 부검도 창하의 것이었다. 피경철의 의견이었다. 단 한 건으로 범행 수단과 범인의 신장, DNA 등을 특정해 낸 창하. 그렇기에 피경철이 보조를 자처했으니 누구도 이의를 달지 않았다.

딸깍!

다시 불이 들어왔다. 모두의 시선이 창하에게 쏠렸다. 창하는 시신을 조합하고 있었다. 시신 덩어리는 크고 작은 걸 합쳐 수

십 조각이었다. 완전하게 박살 났기에 제자리를 찾는 것도 어려웠다. 창하는 10여 분만에 조합을 끝냈다. 미국 대참사 현장의 경력을 갖춘 방성욱의 경험치 덕분이었다.

"……!"

원장과 백 과장 눈에 경련이 스쳐 갔다. 정말이지 신기가 아닐 수 없었다.

그사이에도 창하는 능수능란하게 움직였다. 분해된 시신이라고 루틴을 버릴 수는 없었다. 혹시라도 범인의 흔적이 남았을 수 있었다. 외표 검사를 마치고 피범벅이 된 머리 부분을 체크한다. 눈동자를 까며 전율하는 창하. 이 희생자 역시 공포 상태가 아니었다.

'후우.'

숨을 고른 창하가 횡경막 아래의 손상에 시선을 고정시켰다.

"손상 윤곽도 화면 좀 준비해 주세요."

창하가 말하니 원빈이 벽의 화면을 켰다. 화면에 기존 희생자들의 손상 단면도가 나온다.

"2번 희생자, 5번 희생자의 손상 단면을 보십시오."

창하가 화면을 바라보며 말을 이었다.

"저기서 살인 도구로 쓰인 건 오른손입니다. 손상의 사이즈와 볼륨이 이 희생자와 가장 근접한 형태죠? 참고로 이 순서는 발견 순서가 아니라 제가 추론한 사망 시각 순입니다."

창하가 설명을 덧붙였다.

"무슨 뜻이에요? 그럼 다음 희생자는 3번, 6번 희생자의 형태와 윤곽도로 죽는다는 건가요?"

“앞선 희생자들… 같은 수법의 손상과 심장 적출 외에도 한 가지 공통점이 더 있더군요.”

“그게 뭐요?”

청장이 물었다.

“음력 보름을 전후한 죽음입니다.”

“음력?”

“달이 있는 밤. 기상청에 확인해 보셔도 좋습니다.”

“……?”

“그러니…….”

화면을 보던 창하가 착잡하게 뒷말을 이었다.

“아홉 번째 희생자는 이미 발생했을지도 모르겠습니다. 나이는 아마도 77세. 다만 발견되지 않고 있을 뿐.”

“……!”

창하의 선언에 부검실은 패닉에 빠지고 말았다. 검경은 다각적인 분석을 하고 있었다. 희생자들의 지역, 나이, 성별, 성향, 직업 등 모든 공통분모를 동원한 분석이 그것이었다. 그중에는 날짜도 있었다. 다만 그것은 양력 기준이었다.

“젠장!”

아이패드로 확인한 채린이 또 한 번 낭패감에 젖었다. 창하의 말이 맞았다. 희생자들은 음력 13일에서 17일 사이에 몰려 있었다.

“그리고 또 하나…….”

“또 하나?”

이어지는 창하의 말에 모두의 촉이 반응을 했다.

"어쩌면 희생자들의 방위는 모두 서쪽에 속할 것 같습니다."

"서쪽이라고요? 그건 아닌 것 같은데요? 지도를 기준으로 서쪽에서 일어난 건은 고작 두 건 정도예요."

채린이 고개를 저었다.

"한국 지도가 아니라 한 지역을 중심으로 잡아보십시오."

"한 지역?"

다시 채린의 손이 아이패드 위를 날아다녔다. 그리고, 오래지 않아 그녀의 이마에 식은땀이 맺혀 버렸다.

"뭔가?"

청장이 답을 재촉했다.

"이 선생님 말이 맞습니다. 전체가 아니라 한 지역 단위로 나누면 전부 서쪽……."

"……!"

"이, 이것……."

청장이 이마를 훔쳤다. 이제는 등골에도 얼음장이 맺힌 그였다. 족집게처럼 현상을 분석해 내는 창하. 수천 명의 수사 인력이 간과한 의문들을 간단히 벗겨내고 있으니 아찔할 뿐이었다.

"그러니까 이 선생 말은 이미 한 명이 더 희생되었을 거다?"

청장이 물었다.

"틀리면 좋겠지만, 제 판단은 그렇습니다."

따가운 분위기 속에서 절개가 시작되었다. 몸통만 달랑 남은 가슴 부위를 열었다. Y를 그릴 것도 없으니 I 형태로 내리그었다. 내장 기관은 엉망이었다. 22층에서 추락하면서 여러 충격을 받은 몸통. 남은 폐와 간, 비장을 체크한다.

"……"

비장이 터졌다. 지난번과 다르지만 얽매이지 않았다. 경우가 다른 것이다. 22층에서 추락하면서 몇 번이고 충격을 받은 비장. AI로 움직이는 인조인간이라고 해도 멀쩡하기 어려웠다.

창하는 흔적으로 남은 심낭과 혈관 등에 집중했다. 집념의 결과 폐와 간에서 다시 미세한 흔적을 찾아냈다.

"한번 보시죠."

확대경을 피경철에게 넘겼다.

"지난번 희생자와 비교해 차이가 있습니다. 힘이 작용한 방향과 손상 단면 말입니다. 혈관의 절단면이 우에서 좌로 좁아지고 있습니다."

"잠깐만……."

피경철은 조금 더듬었다. 압도적인 힘으로 '뜯어낸' 손상. 인간의 위력으로는 불가한 일이니 피경철조차도 익숙지 않은 것이다.

"그렇군. 소장님도 보십시오."

피경철이 자리를 비켜주었다. 소장도 확인할 필요가 있었다. 그래야 창하가 더 지지를 받을 수 있었다.

"으음……."

소장 입에서 신음이 나온다. 뒤이어 체크한 백 과장도 마찬가지였다. 손상의 방향은 상향이다. 전에는 전혀 고려치 않았던 것들. 창하의 분석이 있은 후에 보니 확실히 보였다. 가해를 한 범인은 희생자보다 작거나, 혹은 낮은 자세에서 공격을 한 것.

또 하나의 사체는 경부 질식 압박사였다. 오직 목에만 손상이 있었다. 부검 결과도 그랬다. 단숨에 목을 거머쥐었다. 어찌나

강한 힘인지 설골이 으스러졌을 지경이었다.

하지만 심장은 그대로 있었다.

"왜지?"

청장이 의아한 표정을 지었다. 미궁 살인마는 심장 콜렉터. 그런데 심장에 손도 대지 않은 것이다.

"혈전 때문입니다. 마음에 들지 않은 거죠."

심장의 단면에 이어 관상동맥을 잘라본 창하가 이유를 밝혔다. 심장 혈관에 혈전이라는 때가 끼었다. 이 사람은 심근경색 초기이자 당뇨가 있었다. 당은 혈액검사로도 확인이 되었다.

퇴짜!

미궁 살인마의 기준에 미달한 것이다.

"DNA 검사 넘기세요."

두 희생자의 몸에서 채취한 면봉을 원빈에게 넘기면서 부검이 종료되었다.

"회의실에 현장 영상이 준비되었습니다. 가시죠."

소장이 청장을 모셨다. 창하의 합류는 물론이었다.

"선생님."

부검대 청소를 하던 원빈이 광배를 건드렸다.

"왜?"

"우리 이 선생님 죽여주지 않습니까? 부검 중입니다. 단면을 보십시오, 전체가 아니라 지역 단위로 사건을 보세요. 완전 일당백 아닙니까? 다들 낑낑거리기만 하던 미궁 살인을 착착 파헤쳐 가고 있습니다!"

"그래서 걱정이다."

광배의 표정은 뜻밖에도 어두웠다.

"그렇죠? 저렇게 잘난 분이 국과수에서 썩을 리 없으니 곧 사표를……."

"그게 아니야."

"아니면요?"

"상황은 다르지만 옛날 방성욱 과장님 오셨을 때와 판박이야. 그분도 국과수 오기 무섭게 실력으로 평정해 버렸거든."

"그게 뭐요?"

"모난 돌이 정 맞는다는 말 몰라?"

"선생님."

"우 선생, 이 선생님 좋아하지?"

"그럼요. 실력파에 인성도 좋고 쿨하고……."

"그럼 잘 보좌해. 국과수가 진실을 밝힌다고? 개소리. 누구라고 말 못 하지만 개중에는 진실을 덮고 조작하려는 사람도 있어."

"……."

"그런 사람들은 다른 사람이 잘되는 꼴 보기 싫지. 더구나 새로 온 신참 따위."

"선생님."

"나야 정년 몇 년 안 남았지만 우 샘은 이 선생님하고 비슷한 나이잖아? 내가 도와줄 테니 작은 힘이나마 잘 보좌해서 본원 원장님으로 만들라고."

원빈을 돌아보는 광배 시선은 진솔함으로 반짝거렸다. 그가 보조하던 방성욱. 빛나는 부검 실력에도 불구하고 허무하게 에

볼라에 감염되어 메스를 놓은 사람. 다시는 그 전철을 밟고 싶지 않았다.

화면이 나왔다.

유튜버의 마지막 모습이었다. 불 꺼진 폐건물은 삭막했다. 외관 골조 공사는 거의 끝났다지만 곳곳에 튀어나온 철근과 가림막들. 나선형 계단 구조로 22층에서 1층 로비까지 내려다보이는 화면은 지옥의 입구처럼 절망스러워 보였다.

공포 호러물 촬영으로는 그만이었다. 화면은 계단을 따라 내려간다. 유튜버의 친구가 카메라를 맡은 것이다.

까마득한 22층 계단참에 선 유튜버는 의기양양하다. 오늘 방송 분량의 대박을 확신하는 눈치였다. 그놈의 별풍선 때문에 금지 선을 넘은 것이다. 출입 금지의 팻말과 함께 둘러놓은 쇠사슬…….

—오늘 배경 죽이죠?

그의 멘트가 나왔다. 죽음 따위는 생각해 본 적도 없는 표정이었다. 하긴 저 밖에는 그가 타고 온 아우디가 서 있다. 적게는 수억에서 많게는 20억까지의 연봉 수입을 올리는 유명 유튜버. 오늘 밤에 쌓일 별풍선을 생각하며 자일을 묶었다. 22층 꼭대기에서 자일을 타고 내려올 계획이었다.

위험천만하다. 공사가 마무리되지 않았으니 곳곳의 상황을 알 수 없는 곳. 그러나 돈과 인기몰이라는 욕심 앞에 그런 것은 의미가 없었다.

—이거 아무나 하는 거 아닙니다. 저 오늘을 위해서 폭풍 트레이닝에 근력 강화까지 무려 40일을 투자했습니다. 이런 제 노력, 꼭 알아주셔야 합니다."

유튜버가 헬멧을 집어 들었다.

—레디?

스피커를 켜둔 핸드폰에서 친구의 목소리가 나온다.

—오케이……?

스피커에 대고 답하느라 유튜버의 모습이 잠시 사라졌다.
"이 부분입니다."
채린의 설명이 나왔다. 회의실의 눈동자들은 화면에서 눈을 떼지 않았다. 유튜버가 새처럼 낙하하고 있었다.

—뭐야?

1층 친구의 비명 같은 목소리가 들린다. 19층의 난간에 튕긴 유튜버가 20층까지 솟아오른다. 거기서 벽을 치고 다시 추락하다 14층에서 퍽, 다시 튕겼다가 8층에서 퍽, 6층에서 퍽.

퍽퍽퍽…….

구조물에 충돌할 때마다 유튜버의 몸은 허망하게 분리되어 나갔다.

—악, 아악!

친구의 비명과 함께 카메라가 중심을 잃는다. 이제 카메라는 먼지 가득한 1층 로비의 바닥을 가리킨다. 언제 떨어졌는지 유튜버의 팔뚝 하나가 보인다. 옆에는 빈 헬멧이 있고 텅 하는 충격음과 함께 카메라가 흔들린다. 충격음의 원인은 유튜버의 몸통이었다. 믿기지 않게 분리된 몸통이 화면에 잠시 비치는 것으로 영상은 마감되었다. 카메라를 찍던 친구도 당한 것이다.

"웁!"

경창청장은 결국 구토를 하고 말았다.

"그렇다면 통화 중에 당했다는 건데?"

센터장이 물었다.

"그렇게 보입니다. 하지만 카메라에는 아무것도 보이지 않습니다."

"나온 건?"

"보시다시피 엉망인 현장입니다. 쓰레기에 먼지에 잡동사니에… 머리카락이 떨어졌다고 해도 찾기 어려운……."

"족적은?"

"공교롭게도 이틀 전에, 건물 채권단 20여 명이 들어와 현장 상태를 살피고 갔답니다. 게다가 인근의 불량 학생들이 아지트로 쓰기도 하고요. 로비와 피살 현장 부근에 너무 많은 발자국이 어지러워서 애를 먹고 있습니다."

"DNA 매칭은?"

"범인 DNA가 변이가 심한 쪽인데 우리 청에 등록된 데이터 중에는 일치하는 사람이 없는 것으로 나왔습니다."

"산 너머 산이로군. 대통령께서 낭보를 기대하고 계신데……."

"말이 나온 김에 수사 인력 보강을 요청합니다."

"보강 요청?"

청장이 고개를 들었다.

"이창하 선생님 말입니다. 현장 수사에 참가할 수 있도록 배려해 주시면 고맙겠습니다."

채린의 시선이 소장을 겨누었다. 경찰청장을 옆에 두고 있으니 모종의 압박이었다. 그렇잖아도 창하를 합류시키고 싶던 채린. 타이밍을 잡은 것이다.

"수사에 꼭 필요한가?"

청장이 물었다.

"예, 탁월한 부검 실력에 현장 분석력, 사건 분석까지 큰 도움이 되는 분입니다. 이번 희생자의 나이까지 맞혔지 않습니까?"

"소장님은 어떻습니까?"

채린이 답하자 청장이 소장을 바라보았다. 부검의의 업무와 인사에 관한 권한은 경찰청장이 아니라 소장의 권한이었다.

"그러시죠."

소장의 허락이 떨어졌다. 소장과 과장의 표정은 밝지 못했다. 둘은 이미 세 곳의 현장을 다녀왔다. 그러나 아무런 단서도 잡아내지 못했다. 그 책임감 때문에 표정이 무거운 것이다.

모두의 표정이 그랬지만 채린만은 밝았다.

"차 팀장, 뭐가 그렇게 좋아?"

복도로 나오자 장혁이 물었다.

"안 좋으면? 이 선생님 모시고 현장 답사하게 생겼는데……."

채린은 기다렸다는 듯이 응수했다.

"너무 그러지 마세요. 소장님과 과장님도 다녀왔다면서… 제가 부담스럽습니다."

창하가 어깨를 으쓱해 보였다.

"아뇨. 선생님이 현장에 가면 뭔가 건질 것 같아요. 뜬구름만 잡다가 범행 도구 밝혀낸 부검처럼 말이에요."

"너 과학수사센터 에이스라면서 과학수사를 하자는 거냐? 아니면 감으로 수사하자는 거냐?"

장혁이 괜한 딴죽을 건다.

"아무래도 상관없어. 범인만 잡을 수 있다면."

채린의 응수는 거침이 없었다. 그녀는 결국 창하를 자신의 차량에 욱여넣는 데 성공하고 말았다. 피경철이 부검 보고서 작성의 마무리를 맡아준 덕분이었다.

"그럼 갑니다."

채린이 시동을 걸었다. 조수석 창하의 손에는 여덟 희생자들의 사건 발생 장소 사진이 한가득 들렸다. 하나하나 넘기며 촉을 세운다. 긴장이 백배 상승한다.

백택 8안.

8이 상징하는 숫자까지도 무수히 곱씹어본 창하였다.

산소의 원자번호가 8. 태양계의 행성도 8. 불교의 팔정도와 음양의 세계관을 나타내는 팔괘. 팔진도와 팔방미인.

그러나 아직 살인마와 만나지 못한 창하.

그건 과연 어떤 능력일까?

현장에 가면 살인마의 흔적이 저절로 보일까?

랩에서 쓰는 지시약처럼 '저놈이 범인이야' 하고 선명하게 구분을 해줄까?

그러면 좋을 텐데…….

생각하는 사이에 첫 현장이 가까워졌다.

제3장

—

예지 작렬

"죄송해요."

채린이 입을 열었다.

"뭐가요?"

"선생님 의향도 안 묻고 대책본부 합류를 요청해서요."

"저도 질문 하나 있습니다."

"말씀하세요. 뭐든지 됩니다."

"제가 내놓은 부검 결과… 얼마나 믿으세요?"

"100%요."

"팀장님!"

"안 믿으면요? 지금까지 가장 진일보한 결과들인데요."

"그거 말고 과학적인 근거에 준해서 답해보세요."

"부검 과정이야 반론의 여지가 없지만 결론만 보자면 과학과

거리가 멀죠. 하지만 과학이 모든 걸 해결하는 건 아니거든요."

"과학수사센터 팀장 자리 내놓으셔야겠네."

"상상 너머의 부검 결과를 내놓은 선생님은요?"

"……."

"불쾌하세요?"

"아닙니다. 잘하셨습니다."

"진짜죠?"

채린이 돌아보았다. 시원하게 드러나는 이와 승모근이 멋진 조화를 이룬다. 경찰이 아니라면 모델을 했어도 괜찮을 몸매였다.

"지푸라기라도 잡아야 한다면서요?"

"그 말은……."

"이번 희생자들 건으로 뭐 좀 건진 거 있습니까?"

"선생님을 건졌죠."

"……."

"진심이에요. 제 촉이 그렇게 말하고 있거든요."

"미신 같은 거 좋아하나 보네요?"

"흥미는 있어요. 과학에 몰입되어 살다 보니 보상 심리라고 할까요?"

"현장에서 저한테 원하는 건요?"

"이런 말 아세요? 범인은 범죄 현장에 반드시 나타난다."

"영화나 드라마에서 듣기는 했습니다."

"그놈이 운명처럼 나타나면 선생님이 콕 집어주면 좋겠어요. '저놈이 범인입니다' 하고."

"차라리 족집게 무당을 데려오시지 않고."

"사실 무당하고 역술인들도 여럿 만났어요."

"예?"

"무속인들이 찾아오더라고요. 신이 범인을 계시해 주었다나 어쨌다나. 자기들 광고하려는 거겠지만 속는 셈 치고 다 확인하고 있어요. 워낙 난해한 사건이다 보니……."

"소득은 있었나요?"

"똥 볼에 헛발질만 했죠 뭐."

채린의 차가 멈췄다. 세 번째 희생자가 나온 청소년 수련관 수영장이었다. 6살 어린이 수영반 학생이었다. 탈의실에서 당했다. 수영을 마치고 배가 아파 화장실에 들렀던 게 원인이었다. 조금 오래 머물렀다. 밖에서 기다리던 엄마는 잠시 시동을 걸러 나갔다. 날씨가 쌀쌀했다.

그사이에 아이가 화장실에서 나왔다. 탈의실로 가 문을 열었다. 엄마가 돌아왔을 때 아이는 탈의실에 있었다. 아이는 그대로지만 없는 게 하나 있었다.

"까악!"

엄마의 비명이 탈의실에 울려 퍼졌다.

끼이.

관리인이 탈의실 문을 열었다. 사건 이후 2주 동안 폐쇄되었던 수영장은 다시 회원을 받기 시작했다. 그렇기에 미궁 살인의 흔적은 남아 있지 않았다.

"이 자리예요. 여기 1번 라인 라커의 끝에 기대앉아 숨져 있었어요."

채린이 말하자 창하 머리에 사진이 스쳐 갔다. 일곱 희생자들의 자료는 이제 창하의 머리에 차곡차곡 들어 있었다.

"탈의실이라 CCTV는 없어요. 범인도 알고 있었겠죠."

"아니, 몰랐을 겁니다."

바닥을 살피던 창하가 대꾸했다.

"몰랐다고요?"

"CCTV가 있는 곳에서도 범인은 찍히지 않았더군요. 그러니까 CCTV 따위는 범인의 안중에 없을 거라는 거죠."

"유전자가 독특해서 그럴까요? 아니면 CCTV에 찍히지 않는 특수 의류 같은 거?"

"……."

"아니면 범인은 투명 인간? CCTV에도 블랙박스에도 잡히지 않는……."

"……."

"투명 인간 연구하는 과학자들을 털어볼까요?"

"……?"

"농담이에요."

채린이 어깨를 으쓱해 보였다.

"범죄 당일은 그렇다고 치고요. 범인은 현장에 나타난다면서요?"

창하가 일어섰다.

"보시다시피 대중에게 개방된 곳이에요. 다시 왔다고 해도, 솔직히……."

채린은 난감한 표정이었다.

'후우.'

빈 탈의실을 바라본 창하 입에서 한숨이 나왔다. 백택 8안의 예지는 없었다. 숨겨진 혈흔을 찾아내는 루미놀처럼 범인의 흔적을 찾아주면 좋으련만…….

두 번째 현장도 그랬다. 아까와 달리 사방이 터진 곳이다. 주변까지 다 돌아보지만 감이 오지 않았다. 채린이 드론으로 촬영한 영상을 보여주어도 마찬가지였다.

마지막으로 들른 세 번째 현장에서도 특별한 소득은 없었다.

'후우.'

한숨은 채린의 입에서도 나왔다.

"DNA 검색으로 얻은 게 없다네요. 유사 범죄 전과자와 사건 용의자들 1,200명 분량과 대조를 했지만… 그 독특한 DNA 구조와 일치하는 사람은……."

배 경위의 전화를 받은 채린이 중얼거렸다.

"CCTV에도 없고 목격자도 없다면서요? 차 팀장님 정도면 별 기대도 안 했을 것 같은데요?"

"이따위 기대는 틀리면 좋잖아요?"

"날씨 쌀쌀한데 어디 가서 커피나 한잔하죠?"

"좋죠. 제가 쏠게요."

채린이 시동을 걸었다.

"선생님이 신라대학병원에서 수련의 하셨다면서요?"

"맞습니다. 하지만 이제는 수련의가 아니고 전공의라고 부릅니다."

"여기서 가까워요. 근처에 커피 맛 제대로 내는 곳 아세요?"

"병원 앞에 하나 있기는 하죠."

"글로브 박스 열면 물티슈 있어요. 얼굴에 티가 묻었는데 닦으세요."

"아, 예……."

창하가 박스를 열었다. 순간, 안에 들었던 내용물이 우수수 쏟아졌다.

"어머, 아침에 센터장님이 타신다기에 잡동사니 죄다 쑤셔 넣은 걸 깜빡하고……."

"괜찮습니다. 내가 챙길게요."

안전벨트를 푼 창하가 책과 사진 등을 주웠다. 그러다 감전된 듯 동작을 멈추고 말았다. 사건 현장 사진 뭉치에 딸린 사진 때문이었다.

'백택?'

사진을 집은 창하 손이 파르르 떨었다.

'이 여자가 이걸 왜?'

순간, 채린의 손이 사진을 낚아채 간다. 전시안과 투시안을 다룬 책도 마찬가지였다.

"못 볼 거 봤어요? 왜 그렇게 놀라요?"

"백택… 을 아세요?"

창하가 물었다.

"응? 선생님도 이걸 알아요?"

"예……."

"그러니까 선생님도 전시안이나 백택처럼 범인을 보고 싶은 마음에서?"

"……."

"백택은 눈이 여덟 개래요. 전시안은 하나고. 뭐가 됐든 이런 눈만 있으면 범인 잡을 수 있을 텐데요."

"나도 그 소망을 가지고 왔어요."

"예?"

채린이 돌아본다.

"보세요. 하지만 사건 현장에서 아무것도 안 보이네요."

창하가 메스를 보여주었다. 메스 끝에 달린 두 백택 조각의 은빛은 무심하도록 고요했다.

"백택이잖아요? 와아, 우리 역시 통하는데요?"

그녀 표정이 밝아졌다.

파킹을 하고 커피를 시켰다. 창하가 쏘려고 했지만 그녀가 고집을 부렸다.

"괜찮네요."

그녀는 거의 벌컥벌컥 수준이었다.

"커피가 아니라 물 수준인데요?"

"매너 꽝이죠? 이 사건 해결될 때까지는 어쩔 수 없을 것 같아요."

"잠도 제대로 못 자는군요?"

"사실 우리 팀원들 전부 떡실신 직전이에요. 제가 악으로 깡으로 밀어붙이고 있는 거라 범인이 잡히든 우리 팀이 아작 나든

둘 중 하나는 될 거예요."

"경찰이 그 정도까지 열심일 줄은 몰랐습니다."

"초유의 심장 적출 살인이 무려 8건이에요. 경찰의 프라이드가 여덟 번 뭉개진 거죠. 우리 청장님은 수사권 독립 때문에 노심초사지만 우린 아니에요. 경찰청 과학수사센터의 자존심이 있잖아요."

"별 도움이 못 되어서 미안합니다."

"아직 한 곳이 남았거든요. 유튜버가 추락한 건물."

"지금 가려고요?"

창하가 하늘을 보았다. 날이 어두워지고 있었다.

"죄송해요. 다른 곳은 이미 수습이 된 현장들이지만 여긴 아직 폴리스 라인이 있거든요. 그래서 사건 발생 시각에 맞춰서 가 보려고 미뤄둔 거예요."

"......"

"왜요? 미혼이라고 들었는데 여친하고 선약이라도 있나요?"

"그건 아니고 그 집념이 놀라워서요."

"희생자들 가족에 비하면 집념 같은 거 아무것도 아니에요. 아직 범인 윤곽도 제대로 못 잡고 있잖아요."

"너무 실망 마세요. 아까 그 사진 속의 백택이 범인을 알려줄지도 모르니까요."

"그랬으면 좋겠지만 그렇지 않더라도 반드시 잡고 말 거예요."

투지로 빛나는 그녀 어깨 너머로 병원이 보였다. 인턴과 전공의 시간을 보낸 곳. 안에 있을 때는 지긋지긋한 생각도 들었지만 이제는 왠지 연민 같은 게 깃들어 보였다.

'미화원 아줌마…….'

마음씨 좋은 충청도 아줌마가 떠올랐다. 의국과 판독실 책상을 반짝거릴 정도로 닦아주던 분. 떠나온 사연이 느닷없어 인사도 하지 못했던 창하였다.

"저, 잠깐 병원에 좀 다녀올게요."

"아, 그러세요."

그녀를 뒤로하고 병원으로 걸었다. 1층 베이커리에서 케이크를 골랐다. 그러다 보니 해부병리과 병리사들도 떠올랐다. 몇 년간 도움 많이 받았다. 그녀들에게도 변변한 인사를 하지 못했던 창하였다. 케이크를 하나 더 골랐다.

"아유, 저 같은 사람에게 무슨 인사씩이나……."

미화원 아줌마가 황공한 표정을 지었다.

"이 선생님."

병리사들도 반색을 했다. 같은 방에서 티격태격한 정 때문이었다.

"선생님, 국과수에서 부검하시죠?"

왕고참 장 샘이 물었다.

"그런데요?"

"미궁 살인 말이에요. 혹시 그것도 하셨어요?"

"그런데요?"

"어머어머!"

병리사들이 잔뜩 움츠렸다. 임상병리사는 대개 여자들이 많다. 하나가 놀라니 주르륵 자동 감염이었다.

"범인이 진짜 CCTV에도 안 찍히는 사람이에요? 디지털 포렌

식으로도 안 돼요?"

조직이나 염색액, 현미경에 묻혀 살지만 그녀들도 미궁 살인의 이슈에서 자유롭지 않았다. 그렇기에 마구마구 질문을 쏟아대는 것이다.

"DNA 나왔고 범인 키도 나왔으니 곧 잡힐 거예요."

"선생님이 꼭 잡게 해주세요."

"까짓것 그러죠 뭐."

"그런데 세대별로 한 명씩 골라서 죽이는 거 사실이에요? 어린이부터 10대, 20대, 30대, 40대… 이제 70대와 80대, 90대, 100대만 남았다고 하던데?"

"그런 건 다 유언비어예요."

"어제 죽은 유튜버는요? 범인이 오징어처럼 갈기갈기 찢어놨다고 하던데?"

"해부병리 하는 분들이 왜 이래요? 나선형 계단에서 추락하면서 여기저기 부딪쳐서 그런 건데……."

"인터넷 댓글들 보면 경찰이 사건 축소하고 있다고 해서……."

"진짜 진실이거든요. 그러니 가짜 뉴스에 넘어가지 마세요."

간단히 대화를 끝내고 복도로 나왔다. 그냥 돌아서려니 해부병리과장과 말년 차 권준기가 마음에 걸렸다. 그래도 창하를 챙겨주려던 과장이었다. 가끔은 개기기도 하지만 선배 대접 깍듯하던 권준기…….

'왔으니 인사는 해야지?'

과장 방은 다른 층. 걸음을 엘리베이터로 옮겼다.

때앵.

소리와 함께 엘리베이터가 열렸다. 하지만 탈 수 없었다. 시신 운구 팀이 자리한 것이다. 위층에서 누가 사망한 모양이었다.

"가세요."

창하가 문 닫으라는 사인을 주었다. 그 시선이 엘리베이터 안의 얼굴을 보는 순간… 창하 눈에 천둥이 울렸다.

"……?"

백택 8안의 폭발적인 발동이었다. 여덟 개의 링이 엘리베이터 안에서 사나웠다. 시신이 아니었다. 그 시신을 운반하고 있는 두 사람의 하나. 아이처럼 순진무구한 쾌남 박상도의 심장 부근에 여덟 링이 와글거린 것이다. 순간, MRI를 찍듯 그의 몸이 투시되었다. 그건 차라리 음산한 안개 덩어리였다.

'내가 헛것을?'

때앵.

눈을 비비는 찰나, 옆 엘리베이터 문도 닫혔다. 잠시 허전하던 정신을 수습한 창하. 그게 바로 백택 8안의 예시임을 알았다. 백택은 살인마를 인지할 수 있다. 그렇다면 범인은 박상도?

탁탁탁!

계단으로 뛰었다. 어쩌면 착시일 수도 있었다. 그러니 확인을 해야 했다. 단숨에 지하 통로로 나왔다. 시신을 실은 침대가 안치실 코너를 돌고 있었다.

"……!"

그 코너를 나와 일직선 복도에 선 창하. 벽에 기댄 채 주르륵 무너지고 말았다.

백택 8안.

그 지시는 분명히 박상도를 지목하고 있었다. 관상동맥 이상으로 쓰러졌다가 지옥의 문턱에서 돌아온 사람…….

—CCTV에 안 찍힌대.

—너무 잘생겨서 안 찍히나?

—그 아저씨가 한 인물 하잖아? 카메라가 질투하는 거야.

전공의 근무의 마지막 날 여자 병리사들이 떨던 수다들. 귀를 울리는 수다와 함께 창하는 까무룩 의식을 잃었다.

*　　　*　　　*

아아악!

절규 소리가 메아리를 이루었다. 메아리를 증기가 뒤덮었다. 후끈한 증기 아래 지옥이 있었다. 포르말린과 에테르의 바다다. 바다에 뜬 건 사람의 심장이었다. 한둘이 아니라 섬을 이룰 정도였다.

창하는 그 위에 있었다. 조심하려고 해도 심장이 밟혔다. 각각의 심장에는 주인의 얼굴이 들어 있었다. 갓난아기의 얼굴도, 노인의 얼굴도 보였다. 살이 떨린다. 서른셋 척추가 무너질 것 같았다. 몇 발만 걸으면 이 지옥을 벗어날 듯싶은데 발을 옮기면 여전히 제자리였다.

심장 마방진이다.

벗어날 수 없다.

각각의 마방진마다 오색이 출렁거린다. 마방진은 1차, 2차가 없다. 3차가 가장 작은 마방진이다. 1차 마방진은 가로 세로 대각선의 기준이 없고 2차는 만드는 게 불가능하기 때문이다.

3차 마방진은 토성과 연관시킨다. 4차는 목성, 5차는 화성, 6차는 태양, 7차는 금성, 8차는 수성, 9차는 달이다.

달?

그 달 역시 어떤 심장 안에 들어 있다. 물끄러미 보는 순간 그 심장이 화산처럼 폭발해 버렸다. 폭음에 날아간 창하는 완전한 파편이었다. 비명도 나오지 않았다. 죽음이 아니라 소멸이 되는 것이다.

아아악!

머릿속에서만 간절한 비명, 그 공포가 비명마저 베어버릴 때 겨우 눈을 떴다.

"……?"

병원이었다.

시선을 가다듬자 사람이 보였다. 말년 차 권준기였다.

"선배님."

그가 다가왔다.

"병실?"

"예. 어떻게 된 겁니까? 국과수 가서 그새 팍 삭으신 거예요?"

"응?"

"기억 안 납니까? 시신 안치실 입구의 복도에 쓰러졌다고 하던데? 청소하는 아줌마가 발견해서 병실로 옮긴 겁니다."

"그래?"

상체를 세우니 머리가 터질 듯이 아팠다. 핸드폰을 확인했다. 배터리가 달랑거리더니 결국 전원이 끊긴 모양이었다.

"폰 좀 충전해 줄래?"

"폰보다 머리부터 검사해야 하는 거 아닙니까? 아무리 생각해도 뇌에 이상이 있는 모양인데……."

"네가 뇌 전공의냐? 잠깐 정신 줄 놓은 거뿐이야."

"정신 줄 온전하면 사과부터 하세요. 병리사들 말 듣자니 거기만 들르고 나가셨더라고요?"

"과장님 뵌 다음에 너한테도 들를 생각이었어."

"흐음, 과장님 방이 지하에 있습니까?"

"말 씹네? 나 이제 이 병원 사람 아니라고 깔보냐?"

"섭섭해서 그러죠."

"미안해. 나 급하니까 충전부터."

"알았습니다."

권준기가 돌아섰다. 5분쯤 지난 후에 전원을 켜니 핸드폰이 살아났다. 예상대로 채린의 전화와 문자가 빗발처럼 들어와 있었다. 병원으로 돌아온 지 네 시간이 지난 것이다. 당연히 밖은 어둠으로 가득했다.

[아직인가요?]

[연락 주세요.]

[선생님, 10분 안으로 출발해야 해요.]

[선생님, 무슨 일 있어요?]

[혹시 현장 답사가 부담 되셔서 피하는 건가요?]

[아니, 왜 답이 없어요? 사람 미치겠네.]

10여 통의 문자는 채린의 감정 기복을 적나라하게 보여주었다. 마지막 문자로 미루어 보아 뚜껑이 열린 게 분명했다. 이해가 갔다. 시간에 맞춰 현장 조사를 가기로 해놓고 행방불명에 묵묵부답. 처음에는 걱정했지만 결국 분노가 치솟은 것이다.

'젠장.'

번호를 눌렀다.

—전원이 꺼져 있어…….

'응?'

다시 한번.

그래도 전원은 여전히 꺼진 상태였다.

'경찰청으로 돌아갔나?'

문자를 뒤지니 배 경위의 번호가 있었다. 지난번 아버지 사건의 조사자 명단을 확인하며 받았던 번호였다.

—어머, 차 팀장님은 일곱 번째 희생자 현장으로 가신다고 하던데?

전화 속에서 나온 배 경위의 대답이었다.

"그게 저랑 같이 가기로 했었는데 제가 사정이 생겨서요."

—알아요. 아까 연락 왔거든요. 선생님이 옆길로 샌 것 같다고…….

"그게 아니고 잠깐 정신을 잃었습니다. 그래서 지금 차 팀장님, 그 현장에 있다는 겁니까?"

—잠깐만요.

배 경위가 통화를 중지했다. 얼마가 지나자 다시 통화음이 들려 나왔다.

—전화기가 꺼져 있는데요?

"……."

—아마 현장에 계실 겁니다. 뭔가에 집중할 때 더러 핸드폰 끄는 경우가 있거든요? 아니면 배터리가 다 됐든지.

"알겠습니다."

전화를 끊고 일어섰다.

"가시게요?"

권준기가 물었다.

"출장 중이었어. 여기서도 잘렸는데 거기서도 잘리면 곤란하지."

"우와, 국과수도 퇴근 시간 없어요? 그래도 철 밥통 공무원인데……."

"시간 외 수당도 없고 휴일 근무 수당도 없다더라. 전공의만 등골 빼먹히는 줄 알았더니 국과수 검시관들도 똑같아."

"선배님."

"나, 정식 입원 한 거였어?"

"아뇨. 제가 빈 침대로 옮겼습니다."

"고마워. 나중에 한잔하자."

"조심하세요. 그리고 언제 시간 나면 오셔서 정밀 검사 한번 받아보시고요."

"아, 그 전에 부탁이 하나 있는데 말이야……."

창하가 권준기 귀에 대고 소곤거렸다.

잠시 후에 창하가 권준기를 다시 만났다. 병원 로비였다. 그가 작은 봉투 하나를 건네주었다. 그걸 받아 들고 로비를 나왔다. 시간은 밤 10시 40분. 별수 없이 택시를 잡았다. 채린을 두고 집으로 갈 수는 없는 노릇이었다.

—전원이 꺼져 있어…….

가는 동안 다시 전화를 걸지만 채린의 전화기는 반응이 없었다. 택시는 폐건물 근처에서 멈췄다.

"저거 미궁 살인사건 난 건물 맞죠? 설마 저기 가는 겁니까?"

기사가 물었다. 대답하지 않고 내렸다.

어둠에 묻힌 폐건물은 음침했다. 그러나 다행히 경찰이 있었다. 폴리스 라인을 지키는 의경 둘이었다.

"국과수 검시관인데요, 혹시 경찰청 차 팀장님 왔나요?"

"예, 조금 전에 오셨습니다."

의경이 답했다. 신분증을 보여주고 안으로 들어섰다.

"차 팀장님!"

위를 향해 소리치니 손전등 불빛이 내려왔다. 아늑한 22층이었다.

"누구시죠?"

그녀의 목소리도 들렸다.

"국과수 이창하입니다."

"어머!"

"내려오시죠. 급하게 상의드릴 일이 있습니다."

"이유는 차차 들을 테니 일단 올라오세요. 늦게 온 사람의 예의 아닌가요?"

그 말을 끝으로 손전등 불빛이 사라졌다.

별수 없이 22층까지 걸었다. 핸드폰을 손전등 모드로 했음에도 장애물이 많았다. 이런저런 모서리에 걸리고 긁혔다. 탑탑한 먼지까지 폴폴 날리니 22층이 에베레스트처럼 높아 보였다. 충전이 위태롭더니 결국 손전등 모드가 꺼진다. 분위기 제대로였다. 겨우겨우 현장에 도착하니 유튜버가 추락한 곳에 채린이 보였다.

"팀장님."

"일단 공무부터 볼까요? 그래야겠죠?"

"그게……."

"부탁해요."

그녀가 손전등을 넘겨주었다. 별수 없이 받아 들었다. 추락 지점을 내려다보니 지옥의 아귀를 보는 것 같았다. 떨어지면 누구든 즉사할 높이였다. 때맞춰 채린이 유튜버의 영상을 내밀었다. 추락하는 장면이었다. 스피커폰을 켠 전화는 난간 안에 있었다. 거기 대고 말하느라 몸을 숙였다. 공격은 그 타이밍에 일어났다.

3—2—1.

몸을 숙이고 추락하기까지는 고작 3초. 범인은 3초 만에 심장 적출을 단행한 것이다. 그야말로 전광석화. 이건 수술만 전문으로 하는 외과의라 해도 불가능할 일이었다.

현장에는 피가 거의 없었다. 하지만 1차 충격을 받은 층의 난간에는 선상분출 타입의 혈흔과 낙하연결 혈흔이 범벅이었다. 그건 범인의 범행이 찰나에 일어났다는 뜻이자 혈액 방출이 그때부터 시작되었다는 의미였다. 순식간에 뭔가에 베이면 당장은 통증을 모른다. 그러다 몇 초가 지나면 통증을 느끼는 것과 같은 이치였다.

"혹시 루미놀 가져왔습니까?"

창하가 물었다. 채린은 두말없이 루미놀 용액을 꺼내놓았다.

치잇!

루미놀을 뿌렸다. 먼 곳에서 들어오는 희미한 조명밖에 없는 폐건물. 게다가 심야. 혈액 속의 헤모글로빈 성분이 과산화수소를 분해하면서 산소가 발생하고 그 산소가 루미놀을 산화시켜 푸른색 발광을 보여주는 루미놀. 그걸 실험하기에는 딱인 곳이었다.

반짝!

바닥에서 푸른 형광빛이 피어올랐다. 둥근 형태의 방울들이다. 방울이 굵으니 1차 손상으로 인한 출혈이 아니라 적출된 심장을 둘러싼 혈관에서 떨어진 것으로 보였다. 출혈은 바로 수습이 되었다. 범인이 심장을 수습할 준비물을 가져왔다는 뜻이었다.

"유튜버가 영상에서 사라진 순간, 그때 범행은 끝났습니다."

"……."

"이 피는 피살자가 아니라 적출된 심장에서 떨어진 혈흔입니다."

"섬뜩하군요."

"혼자 온 팀장님이 더 섬뜩한데요?"

"경찰이니까요."

경찰!

손전등 빛을 받는 그녀의 얼굴이 문득 숭고해 보였다.

"범인의 위치는 여기였을까요?"

채린이 창하 앞에 서며 물었다.

"각도상 그랬겠네요. 몸을 숙인 게 유튜버 오른손 방향이니 오른손으로 공격하면……."

"맙소사."

"족적 검사는 끝난 건가요?"

"우리와 국과수, 대검 DFC에서도 함께 떠 갔답니다."

"루미놀 넉넉해요?"

"물론이죠. 모라자면 팀에 전화 때리면 되고……."

"그럼 범인의 이동 경로를 따라가며 확인해 보죠. 루미놀 쓰기 좋은 밤이네요."

"선생님도 보통 강심장이 아니로군요. 하긴 부검하시는 분이니."

"부검은 강심장이 아니라 의사이기 때문에 하는 겁니다. 팀장님이 경찰이기에 여기 왔듯이."

"몸은요? 쓰러진 거였다면서 괜찮아요?"

창하 뒤에서 채린이 물었다.

"믿어주는 겁니까?"

"거짓말이었다면 이 늦은 밤에 달려올 리 없잖아요?"

"그냥 온 게 아니고 굉장한 뉴스를 가져왔습니다."

"굉장한 뉴스?"

"일단 하던 검사부터 끝내죠. 어차피 시작한 일이니."

계단을 따라 내려가며 루미놀을 뿌렸다. 아무렇게나 뿌리지 않았다. 창하가 생각하는 범인의 키는 155㎝ 내외. 그 높이에 맞춰 몸을 숙인 채 루미놀을 뿌리는 것이다. 치밀함은 마침내 결실을 맺었다. 20층 계단참에서 반응이 나온 것이다. 푸른 형광빛이었다.

"혈흔이에요."

채린이 소리쳤다.

창하 눈도 확 밝아졌다. 제법 큰 방울이다. 혈흔의 형태로 보아 쥐 같은 동물의 것은 아니었다. 범행에 성공한 안도감 때문이었을까? 계단참에 널브러진 건축 잔해물에 찔린 모양이었다. 방울져 흘렀다는 건 발이 아니라 손이나 팔이라는 뜻. 긴 바지에 양말을 고려하면 발에서 떨어진 혈흔은 아니었다.

"우와, 역시 이 선생님. 수십 명을 깔아놔도 못 찾은 혈흔인데……."

"너무 흥분 마세요. 어쩌면 수사진들 것일 수 있으니."

"미안하지만 현장감식 팀이 다치면 상세 보고서에 적히거든요. 적어도 수사 팀이 흘린 혈흔은 아니에요."

굳었던 그녀 표정이 조금 펴졌다.

샘플은 채린이 채취했다. 혈흔과 함께 잔해물을 통째로 잘라 넣었다.

"범인 것일까요?"

그녀가 물었다.

"그러길 바라야죠."

혈흔은 몇 계단을 이어지다 멈췄다. 내려가는 사이에 지혈이 된 것이다.

"자, 이제 말씀해 보시죠. 굉장한 뉴스가 뭐죠?"
희생자가 추락한 바닥까지 살피고 나자 채린이 물었다.
"용의자를 발견한 것 같습니다."
"용의자? 이 혈흔요?"
"아뇨. 진짜 용의자."
"어디에서요? 어떻게요?"
채린의 목소리가 빨라진다.
"현장에 오면 내가 감 잡을 거 같다고 했었죠?"
"물론이죠."
"그 감이 왔어요. 가면서 설명하죠."
창하가 그녀를 끌었다. 천신만고 끝에 연결된 백택의 예지. 기묘한 능력을 가진 인간이니 한시도 지체할 수 없는 일이었다.

* * *

"대체 어떻게 된 일이에요? 말씀을 해보세요. 그래야 검거 팀 요청을 하든지 하지요."
운전대를 잡은 채린이 목청을 높였다.
"이게 좀 소설 같은 이야기인데……."
"소설요?"
"백택 이야기는 아시죠?"
"제가 가지고 다니는 사진 속의 백택요?"
"예."
"중국 신화에 나오는 거잖아요? 이 세상의 이매망량, 즉 요괴와 괴물, 남을 해치는 악인을 찾아내는 신비한 존재요."

"맞습니다. 한국과 중국, 일본의 백택이 다 다르긴 하지만 신물이죠. 지상에 존재하는 11,520 종류의 요물 실체를 알아볼 수 있는……."

"……."

"제게 그 백택의 신물이 쓰인 모양입니다. 적어도 미궁 살인범에 대해서는요."

"선생님."

"허무맹랑하다고 생각할 거 알고 있습니다. 하지만 한 번만 믿어주세요."

"그건 문제없어요. 이미 믿고 있으니까요."

"심장 적출 살인사건은 어쩌면 인간의 기원과 함께 시작된 건지도 모릅니다. 근접하게는 19세기 말에 영국과 프랑스에서 벌어졌고 20세기 들어서는 미국과 캐나다 등지에서 벌어졌죠. 하지만 범인이 밝혀진 사례는 없었습니다."

"선생님."

"팀장님도 일부 조사해 봤다고 하셨죠?"

"어쨌든 전설 속의 백택이 선생님께 살인범에 대한 예지력을 준다?"

"예."

"그럼 선생님의 전생이 천계의 왕 '황제'였던 모양이군요?"

"저, 지금 농담하는 거 아닙니다."

"저도 농담 따먹기 할 상황이 아니거든요."

"……."

"증거는 뭐죠?"

"이겁니다."

창하가 비닐 속에 든 장갑을 들어 보였다. 박상도가 꼈던 것을 구해온 것이다.

"장갑?"

"범인이 끼고 있던 겁니다. 유전자 검사가 가능할 겁니다."

"그럼 경찰청으로 가요. 아니면 국과수로 가든지. DNA 검사부터 해야 하잖아요?"

"그동안 범인은요?"

"아직은 범인이 아니라 용의자입니다."

"좋아요. 용의자."

"그가 눈치를 차렸나요?"

"그건 아닙니다만."

"신원은 알고 계세요?"

"예."

"말해주세요. 가까운 경찰서에 연락해서 신변 확보하고 감시하도록 조치할 테니까요."

"박상도. 신라대학병원 직원."

"신라대학병원이면 선생님이 전공의 마친 곳이잖아요?"

"자세한 건 나중에요. 일단 DNA 검사부터요."

"그럼 경찰청으로 갈게요. 여기서 가깝고 대기 중인 직원들이 있으니까요."

"그러세요."

"배 경위? 지금 어디냐?"

채린의 전화기가 바빠졌다.

"나 지금 들어가고 있으니까 유전자 검사 팀 좀 대기시켜. 지금 당장."

차량의 속도처럼 그녀 목소리도 높아진다. 범인 체포는 이제 시간문제였다. 창하가 생각하는 범인은 둘 이상. 그중 하나를 잡으면 나머지 검거는 속도가 붙을 수 있었다.

"팀장님."

차량이 경찰청 내에 서자 배 경위와 은수미 경사가 달려왔다.

"유전자분석 팀은?"

"두 명 대기시켰습니다."

"이거야. 가져가서 확보된 범인 DNA하고 맞는지 검사하라고 해. 응급으로."

채린은 일말의 주저도 없었다.

"저기 의자에서 좀 쉬고 계세요. 저 센터장님하고 통화 좀 할게요."

채린이 돌아섰다. 자정이 지난 시간, 그럼에도 과학수사센터는 불이 꺼지지 않았다. 많은 직원들이 증거 분석에 매달리는 것이다. 조바심이 났다. 그저 지켜본다는 것, 그것도 그리 쉬운 일은 아니었다.

채린은 30분쯤 후에야 돌아왔다.

"DNA 검출되었답니다. 지금 대조 검사 중인데 대조군이 많은 게 아니니 오래 걸리지 않을 거랍니다."

"박상도는요?"

"형사과 최정예 네 팀이 집 근처 겹겹이 잠복에 들어갔다는 연락을 받았습니다."

"하아……."

"속 타세요?"

"조금요."

"저도 그러네요. 꼭 범인이어야 할 텐데……."

"팀장님, 컵라면이라도 하나 끓여 드릴까요?"

은 경사가 들어와 물었다.

"그래. 이 선생님 것까지 둘."

채린이 답한다.

"아, 저는 화장실 좀 다녀오겠습니다."

"그러세요. 물 부어둘게요."

채린이 화장실 쪽을 가리켰다.

푸우.

일단 세수부터 했다. 찬물이 닿으니 마음이 가라앉았다. 창하는 긴장하고 있었다. 백택 8안의 계시는 과연 맞는 것일까? 만에 하나 계시가 맞지 않으면? 얼굴의 물기를 닦고 변기 위에 앉았다. 병원에서 무슨 약을 쓴 건지 배가 살살 아파온 것이다. 어쩌면 너무 신경을 쓴 까닭일 수도 있었다.

첫 덩어리를 밀어내자 복도가 소란스러워졌다. 급한 마음에 덩어리를 끊고 복도로 나왔다.

"선생님!"

채린이 두 팔을 휘저으며 소리쳤다. 창밖을 보니 경찰차가 몇 대나 대기 중이었다.

"결과 나왔습니까?"

"나왔어요. 이 DNA 역시 변이가 심한 편으로 범인 것과 일치한답니다."

"……!"

"지금 검거령 떨어졌어요. 현장 팀이 체포에 들어갈 겁니다. 가요."

"검거령요?"

팔을 끄는 그녀 걸음을 창하가 세웠다.

"검거해야죠. 증거가 나왔으니까."

"형사들이 그냥 들어간 겁니까?"

"긴급 체포니까 영장은 없어도 돼요. 게다가 베테랑만 네 팀이니 놓칠 염려도 없고요. 경악할 수준의 살인범이지만 미란다 원칙까지 잘 고지할 거예요."

"주의는요? 주의는 충분히 주었나요?"

"무슨 주의요? 베테랑 형사들이라니까요."

"살인범의 능력 말입니다. 박상도가 범인이라면 일반 범인과 다른 능력자잖아요? 손으로 심장을 적출하는."

"예?"

"내 말은 일반 범인 잡듯 하면 형사들이 위험하다고요. 지체 없이 제압하고 수갑을 채워야만 안전해요."

"이 선생님, 지금 현장에 있는 형사들은……."

"팀장님."

옆에서 전화를 받던 배 경위의 표정이 무섭게 일그러졌다.

"뭐야?"

채린이 물었다.

"현장인데요, 범인 검거에 실패했답니다. 형사 둘이 현장에서 즉사하고 추격하던 형사들 중의 한 명도 복부를 공격당해서 중상이라고……."

"……?"

보고를 받은 채린이 휘청 흔들렸다.

삐뽀삐뽀!

과학수사센터 차량은 과속하고 있었다. 추격하는 형사들에게 주의령이 떨어졌다. 그러나 그것으로 충분하지 않았다. 그럴 때에 대비해 권총을 가지고 있다.

하지만 권총은 장식일 때가 많았다. 아쉽게도 경찰의 총기 사용은 국민적 공감을 사고 있지 못했다. 그렇기 때문에 흉악범을 검거할 때도 여간해서는 권총을 사용하지 않는다. 사용 수칙이 어떻고 경고 사격이 저떻고 하면서 언론이 물고 늘어지기라도 하면 뒷감당이 안 되는 것이다.

"범인 체포 즉시 등 뒤로 수갑을 채우세요. 미란다 원칙이고 나발 따위 들먹거리지 말고!"

현장 팀과 연락하는 채린의 목소리가 높았다. 동승한 배 경위와 은 경사도 초긴장 상태다. 천신만고 끝에 파악한 범인의 신원. 코앞에서 다 된 밥에 재를 뿌리고 만 것이다.

"다 와갑니다."

배 경위가 맵을 보며 말했다.

"다들 정신 바짝 차려. 범인이 돌아올 수도 있어."

채린의 목소리가 밤하늘을 울렸다.

끼익!

차가 멈추기 무섭게 과학수사센터 현장감식 팀이 내렸다. 현장은 관할 서에서 나온 감식 요원 둘이 지키고 있었다.

"폴리스 라인 두 배로 확장하고 통행 막아요."

현장용 복장을 갖춘 채린이 경찰에게 소리쳤다. 범인에게 당한 형사 둘은 아직 수습 전이었다.

"선생님."

채린이 창하를 불렀다.

"……!"

시신을 보는 순간 창하의 호흡이 멈췄다. 같은 방식이었다. 그러나 난폭했다. 복부를 치고 들어가 내장을 끄집어낸 것이다. 한 형사의 심장은 터져 있었고 다른 형사의 그것은 옆구리까지 딸려 나와 있었다. 왼손이 비슥하게 들이친 것이다.

"우웹!"

비위가 약한 은 경사가 구역질 느낀다.

"뭐야? 이런 거 적응 못 하면 사표 내라고 했잖아?"

채린이 불호령을 내리자 은 경사가 호흡을 고른다. 자신의 직무 앞에서는 불꽃처럼 타오르는 여자. 채린은 그런 경찰이었다.

"단 한 방이죠?"

그녀가 창하를 바라보았다.

"그러네요."

창하가 답했다.

펑펑!

은 경사의 카메라가 현장을 담느라 분주하다. 배 경위는 다른 감식 요원을 이끌고 현장 조사에 돌입한다. 박상도의 것으로 보이는 지갑과 신발 한 짝이 나왔다.

끼이.

집 수색에 이어 지하실 문을 열었다. 1층 연립에 딸린 곳이었다. 거처는 황량했다. 침대 외에 눈에 띄는 게 없었다. 그 흔한 냉장고도 없고 컴퓨터도 없는 것이다. 집이 그렇듯 지하 방도 잡동사니들 외에는 특별한 게 보이지 않았다.

"여긴 사용하지 않는 걸까요? 옷가지와 박스에 먼지가 있어요."

손전등을 비춰본 채린이 말했다.

"아뇨. 사용했습니다."

창하의 생각은 반대였다. 증거는 바닥이었다. 바닥을 쓸어보니 먼지가 심하지 않았다. 드나들었다는 얘기였다.

"이놈이 범인이면 적출한 심장은 어떻게 했을까요?"

"……."

"설마……."

채린은 차마 뒷말을 이어놓지 못했다. 창하도 굳이 그걸 맞히려 하지 않았다.

"어딘가 있을 겁니다. 9차 마방진을 채우려면 81개의 심장이 필요합니다. 그러니 어딘가 모으고 있을 가능성이 높아요."

"선생님."

"그런 다음에 그들이 원하는 의식 같은 걸 하겠죠."

"……."

"불교에서 말하는 팔정도에 이르는 열반 같은 것일지, 아니면

팔문금쇄진 같은 걸 만들어 신통력을 강화하든지……."

"병원에도 형사들이 갔습니다. 박상도의 소지품과 책상을 뒤졌는데 아무 단서도 없었다더군요. 주변 사람들 말로는 관상동맥질환으로 죽다 살아난 후로 말도 없고 이상해졌다고……."

"그때 진짜 박상도는 죽고 일종의 생체 치환 같은 게 일어난 모양입니다. 그러니까 지금의 박상도는 다른 존재로 보는 게 맞습니다."

"……."

"전에 들은 말인데 직원들 말이 박상도는 CCTV에 안 찍힌다고 하더군요. 병원 CCTV를 체크해 보십시오. 아마 맞을 것 같습니다."

"……."

"그리고 심장 이상 당시의 CT와 MRI도 확보해 주세요. 아, 검사 샘플이 있을 테니 그 DNA와 연관 검사도요."

"그건 뭐 하시게요?"

"다음 범인 잡아야죠."

"다음 범인?"

"미안하지만 범인, 박상도 혼자가 아닙니다. 그거 수사진에게 반드시 주지시켜 주세요."

"……!"

대화 중에도 창하는 계속 바닥을 두드렸다. 지하 바닥에 비밀스러운 공간이 있나 확인하는 것이다. 결국에는 장판도 걷어내 버렸다.

"심장을 보관한다면 다른 장소일 것 같네요. 핸드폰 추적하라고 했으니 동선이 나오면 체크하도록 할게요."

"소용없을 겁니다. 핸드폰 안 쓴다고 들었거든요."

창하의 말이 맞았다. 잠시 후에 내려온 은 경사가 그렇게 보고한 것이다.

"헐, 핸드폰 안 쓰는 원시인도 있다니. 80, 90 먹은 어르신도 아니고……."

채린이 치를 떨었다.

"뿐만 아니라 어머니와 두 동생이 있는데 병원에 입원했다 나온 후로 담을 쌓고 살았답니다. 찾아와도 쓰다 달다 말 한마디 없었다네요."

"……!"

채린의 소름이 돋아났다. 창하의 말을 뒷받침하는 방증이었다. 입원 후에 완전하게 변한 박상도. 머리에 이상이 있는 것도 아니었으니 빙의 말고는 설명될 이유가 없었다.

"빙의 아닙니다."

창하가 반대 의견을 밝혔다.

"아니라고요."

"제 생각에는 변환 아니면 치환 같습니다. 설명하기 어렵지만 하드웨어만 남기고 내부를 바꿔 버린……."

"……."

"팀장님."

골똘하는 채린을 창하가 불렀다.

"왜요?"

"여기요. 이 벽 모서리가 조금 이상합니다."

창하가 한쪽 벽의 끝을 두드렸다. 다른 곳은 둔중한 소리지만 그곳의 소리는 얇았다. 둘이 밀어보니 흔들림까지 있었다. 그러고 보니 이 벽만 벽지가 새것이었다. 주위를 살피던 두 사람, 천장 모서리에서 자물쇠를 발견했다.

"열쇠공 불러와."

채린의 지시가 떨어졌다.

덜컥!

자물쇠가 풀리자 벽면이 밀렸다.

"……!"

안으로 들어선 창하와 채린의 호흡은 단숨에 멈췄다. 거기 있었다. 투명한 유리병 속에 들어 있는 세 개의 심장, 그리고 그 병들을 둘러싸고 있는 기묘한 구조물들…….

"읍!"

뒤따라 들어온 은 경사는 그 자리에 주저앉고 말았다.

"사람 심장 맞나요?"

채린이 물었다.

"맞습니다."

심장을 둘러본 창하가 말했다.

"센터장님, 적출당한 심장 발견했습니다."

채린의 무전기가 분주하게 터져 나갔다. 뒤이어 고무적인 소식도 들려왔다. 결국 경찰특공대까지 동원한 후에야 박상도 체포에 성공한 것이다. 희생이 따랐지만 어쨌든 검거 작전은 성공이었다.

모두가 환호하지만 창하만은 그렇지 못했다.

보관된 심장은 셋.

그러나 발견된 희생자만 여덟.

'범인은 한 명 이상…….'

이들은 완전히 독립적으로 움직이고 있었다.

제4장

—

백택의 메스

「미궁 살인마 검거」

「신출귀몰 심장 적출 범인은 병원 시신 운반사」

「범인의 거처에서 적출 심장 일부 발견」

「검거 작전 중 형사 일곱 명 사상」

「살인마 묵비권 행사, 일체의 진술 거부」

「발견된 심장은 16세, 37세, 67세 희생자의 것으로 판명」

「경찰 특급 프로파일러 투입에도 사건 전모 파악 진전 없어」

세상이 들끓었다. 인터넷과 SNS도 들끓었다. 당연히 국과수도 들끓고 있었다.

"……!"

소장실에 흐르는 침묵은 매섭도록 따가웠다. 안에는 본원에서 올라온 원장에 서울 사무소 소장, 백 과장에 더해 창하가 자리하고 있었다. 테이블의 커피는 싸늘히 식은 후였다.

테이블에는 도하 각 일간지가 수북이 쌓였다. 신문의 1면 톱기사는 붕어빵을 찍어낸 듯 똑같았다. 그 아래 창하의 사진이 있었다.

「미궁 살인마 검거의 일등 공신 이창하 국과수 신임 검시관」

합동 수사본부의 실무 책임자 장혁과 채린도 배경으로 깔렸다. 그 뒤 기사는 순직 경찰관 합동 영결식이었다. 창하도 백 과장과 함께 다녀왔다. 어떤 형사의 딸은 이제 고작 두 살이었다. 장례식이 뭔지도 모르고 멀뚱거리니 창하 콧날이 아팠다.

"그러니까 이 선생 말은……."

찻잔을 만지던 원장이 침묵을 깨고 나왔다.

"미궁 살인은 여전히 진행 중이다?"

"그렇습니다."

창하가 답했다. 소장과 과장의 미간이 차례로 일그러지는 게 보였다. 희생이 크긴 해도 살인마의 검거로 모두가 들뜬 상황. 원장 역시 경찰청장과 행정안전부 장관을 만나고 가는 길에 치하차 들른 일이었다. 그런데 창하만은 아직 긴장을 풀지 않고 있는 것이다.

"어째서 그런가?"

"희생자들의 손상 단면도 때문입니다."

"세 가지 스타일로 분류된 그것?"

"예. 범인은 한 명이 아닙니다."
"나도 그 보고서 보았네만."
"……."
"강 소장과 백 과장 의견은 어때요?"
원장의 시선이 돌아갔다.
"저희도 원장님 생각과 같습니다. 손상의 단면도는 크게 세 가지로 나눌 수 있다지만 크게 보면 여덟 가지로도 볼 수 있습니다. 단면의 값을 구해보면 평균치가 조금씩 다르니까요."
소장의 의견이었다.
"그건 흉기가 인체이기 때문입니다. 날이 고정된 금속과는 다르니 찌르는 각도나 희생자의 움직임에 따라 유동성이 있는 겁니다."
창하가 답했다.
"그런 의미라면 손가락을 다 쓰고 덜 쓰고의 문제도 고려해야 하네. 엄지를 손바닥 안으로 모아 공격했는가 아닌가?"
"소장님."
"범인의 DNA는 유전자 분포부터 돌연변이에 가까웠다지? 유튜버의 피살 현장에서 찾은 핏자국의 DNA도 마찬가지고. 그렇다면 범인은 한 사람이 아닌가? 코어 유전자가 그렇게 활성화된 사람은 찾기 어려운 것이니."
"……."
창하가 생각에 잠긴다. 그 결과는 창하도 뜻밖이었다. 일반인들의 유전자와 달리 코어 유전자가 비정상적으로 진화된 케이스. 그로 인해 유전학자들 간에도 이견이 분분하지만 동일인보다는 '동종'으로 보는 게 타당하다는 게 창하의 의견이었다. 그러나 현실은 박상도 단독범으로 몰아가는 분위기가 되었다.

"하지만 발견된 심장도 셋뿐입니다. 그건 곧……."

"우려하는 마음은 잘 알겠네. 그러나 아직은 범인의 자백이 나오기 전 아닌가? 우려는 이 선생의 개인적인 상상으로 끝내주면 좋겠네. 이 사건의 해법을 제시한 게 이 선생이니 말 한마디가 굉장한 파급이 될 수 있어. 이제 겨우 안정을 찾아가는 시민들이네."

"……."

"이번 사건에 단초를 제공한 공로로 총리실에서 표창이 내려올 거라고 하더군. 어차피 수사는 경찰과 검찰에서 하는 것이니 이 선생은 다시 국과수 일에만 집중해 주면 좋겠네."

"……."

"더 하실 말씀 있습니까?"

소장이 원장에게 물었다.

"아니, 내가 할 말을 강 소장이 대신해 줬잖나? 아무튼 다시 한번 말하는데 정말 애썼네. 자칫 국과수 프라이드가 흔들릴 뻔했는데 막내인 이 선생이 살렸어."

"그러게 제가 복덩어리가 들어왔다고 하지 않았습니까?"

"이 선생, 표창 내려오면 밥 한 끼 삼세. 적당한 데다 자리 잡고 연락하시게나."

"그러죠."

이야기가 끝나갈 때쯤이었다. 소장실의 인터폰이 얌전히 울렸다.

—소장님, 경찰청 과학수사센터장님이신데요?

"그래?"

소장이 인터폰을 들었다.

"아, 예··· 예··· 그러죠. 문제없습니다."

소장의 통화는 오래 걸리지 않았다.

"뭔가?"

원장이 물었다.

"경찰청 중대범죄수사과장입니다. 범인이 입을 열지 않는다고 이 선생을 잠시 파견해 줄 수 있냐는데요."

"이 선생을?"

"상상하기 힘든 범행 수법을 파악한 사람이니 자백에 도움이 될지 모른다는 의견이 경찰 내부에서 나온 모양입니다."

"보내시게. 어렵게 잡은 범인인데 협조해야지."

"알겠습니다."

소장의 시선이 창하에게 향했다. 경찰청으로 가라는 명령이었다.

—창하야.

똥차를 타고 경찰청으로 가는 길에 전화를 받았다. 이모였다.

"이모."

오랜만에 듣는 목소리. 인턴이 되면서 이모 집을 나왔기에 자주 보지 못하고 있었다.

—아버지 사망사고 조사한다고?

"예. 형 연락 받았죠?"

—그때도 뭔가 이상하다고 하더니 결국 뭔가 발견한 모양이구나?

"조금요. 아직 확실한 건 아닙니다."

—방송 봤다. 아유, 그 살인마를 네가 잡게 되다니… 옛날 네 엄마 말이 딱이구나.

"엄마요?"

—그때 언니가 그랬거든. 할머니가 말하길, 창하가 의사가 되면 죽은 사람의 병도 고칠 거라고 했대. 조선 시대에 앞서가던 한의사 조상님처럼 말이야.

"그런 말을 하셨어요?"

—그럼. 실은 나도 너 부검의 된다기에 좀 찜찜했다만 역시 사람 피는 못 속이나 보다.

"……."

—아, 다름 아니고 형 전화 받고 창고 물건 뒤졌는데 별것 못 찾았어. 확인 못 한 건 잡동사니들 아래에 탁상용 달력 몇 개뿐이야.

"그래요?"

—찾으려는 게 뭐야? 형은 차용증서나 어음 같은 게 나오면 좋다고 하던데?

"맞아요. 할머니 말씀이 돈 거래가 좀 있었을 거라는데 누구도 돈을 갚은 사람이 없잖아요? 아버지가 워낙 신용거래를 하신 까닭에 그런 내용 아는 사람도 없고……."

—알았다. 더 찾아는 볼게.

"알겠습니다. 제가 지금은 좀 바쁘고요, 나중에 시간 내서 들르겠습니다."

—그래. 건강하고.

이모가 전화를 끊었다.

아버지.

피살된 거라면 돈 거래가 원인일 가능성이 높았다. 그렇지 않고서야 사람 좋은 아버지에게 원한을 품을 사람이 있을 리 없었다. 만약 거리에서 사망한 거라면 묻지 마 범죄를 의심할 수도 있다. 그러나 집 안에서 일어난 사건이니 '살인'이라면, 우발적인 일이 될 수 없었다.

띠로롱띠로롱!

다시 핸드폰이 울렸다. 이번에는 채린이었다.

—오고 계신 건가요?

그녀 목소리가 스피커를 밀고 나왔다.

"팀장님이 범인이군요? 저 오라고 한 게?"

—아니면요? 프로파일러 여섯 명을 투입하고도 얻은 게 없어요. 아침에 신라대학의 전문가 박세일 교수님까지 모셨는데도 빈손으로 나오셨어요. 프로파일러 30여 년 동안 이런 인간은 처음이라고…….

"경찰청 건물 보이네요."

차가 경찰청으로 들어섰다. 채린은 정문 앞에 나와 있었다. 방문자 등록을 생략하고 그녀를 따라 걸었다.

"차 한 잔 드려요?"

회의실에 들어서며 그녀가 물었다.

"물이나 좀 주세요."

창하가 답했다. 그녀가 생수병 두 개를 구해 왔다.
"일단 사과부터 드려요."
"뭐 말이죠?"
"언론 노출요. 선생님이 위험에 처할 수 있어 최선을 다했지만 요즘 대한민국 거의 모든 기자들이 경찰청에 출입하고 있어서요. 역부족이었습니다."
"괜찮습니다."
창하가 웃었다. 이 일은 어차피 운명이 던져준 사명이었다. 게다가 타자기의 암시가 있기에 두려움에 대한 부담도 견딜 만한 수준이었다.
"아예 입을 안 여는 겁니까?"
물마개를 따며 창하가 물었다.
"예. 입에 초강력 지퍼를 쫘악, 아니면 초강력 순간접착제를 찌익."
"태도는요?"
"포커페이스 내지는 외계인 모드?"
"지독하군요."
"그래서 선생님 모신 거예요. 거침없이 심장을 적출하던 살인마. 미궁에 빠진 자신의 검거에 단서를 준 선생님을 만나면 심경의 변화가 올지도 몰라서요."
"반항하지는 않던가요?"
"이미 한 번 당했잖아요? 케이블 타이를 두 번 두른 후에 뒤로 수갑을 채웠어요."
"다행이네요."

"만나주실래요?"

"그러죠. 그런데… 요청이 하나 있습니다."

"말씀하세요."

"박상도에 대한 자료부터 넘겨주셨으면 합니다. 심장병으로 입원했을 당시와 현재 상태까지. 참고할 게 있습니다."

"자료요?"

"말했잖아요? 범인은 하나가 아니라고요."

"그 말은 잊지 않고 있어요. 다만 경찰 내 분위기 때문에 공론화하지는 않았습니다."

"팀장님이라도 믿어주니 다행이네요."

"기다리세요."

채린이 인터폰을 들었다. 배 경위에게 지시를 내린다. 5분쯤 지나자 배 경위가 여러 자료를 들고 들어왔다.

"궁금한 건 이거겠죠?"

채린이 건네준 건 DNA 정밀 분석 자료였다.

"……!"

두 자료를 리딩한 창하, 척추뼈에 맺히는 서늘함을 느꼈다.

'이것…….'

손목까지 떨린다.

「CORE DNA, MTHFR 변이」

두 단어가 시선을 헤집었다. MTHFR 효소는 사용되는 엽산을 Methylfolate로 바꾸어 메칠화 회로에서 사용 가능하게 만

들어준다. 이 사이클은 유전자 조정, DNA, RNA 생성 및 복구에 작용하는 등 광범위한 생리작용을 컨트롤한다. 변이가 일어나기 쉬운 RNA도 아니고 DNA의 변이…….

그와 더불어 코어 유전자의 일대 변화. 그로 인해 호르몬 구성에도 변화가 생겼다. 성장호르몬과 테스토스테론, 인슐린유사 성장인자의 수치가 절대적으로 높았다. 이들 호르몬은 인간의 근육 작용과 근력의 파워를 높이는 데 작용하는 물질이었다. 겉만 박상도이지 실상은 다른 개체로 변한 것이다. 유튜버 살해 현장에서 채취한 DNA도 비슷한 범주였다.

"관련 전문가들에게 재의뢰를 넘겼어요. 충격이나 특수 약물에 의한 생체 변화인지……."

채린이 말끝을 흐렸다. 다른 것도 아닌 유전자다. 약물이나 충격으로 변하지 않는다는 것, 그녀가 모를 리 없었다.

"진단 영상도 있나요?"

"있죠."

채린의 손이 노트북 자판을 눌렀다. 박상도의 CT가 떴다. 그 옆으로 또 하나의 CT 영상이 보인다. 그러나 거기 찍힌 건 뿌연 안개일 뿐이었다.

"체포 과정에서 다리에 골절상을 입었어요. 웬만한 담장 정도는 단숨에 넘어 다녔다더군요. 그래서 CT를 찍었는데… 처음에는 촬영 실수인 줄 알고 한 번 더 진행했대요. 하지만……."

"……."

"내부 토의 결과 생체 자기장 검사도 실시하게 되었어요. 자기장이 영상 오류를 일으킬 가능성이 제기되었거든요."

채린이 다음 서류를 가리켰다.

생체 자기장(Biomagnetic fields).

사람의 심장이나 뇌, 척수, 위 등에서 발생하는 자기 신호다. 고감도의 자장 센서를 이용하면 측정이 가능하다. 그 결과 또한 대박이었다. 뇌에서 나오는 뇌자도(Magnetoencephalogram)와 심장에서 발생되는 자장 신호인 심자도(Magnetocardiogram)가 정상인의 2,000배를 초과하고 있었다.

"이것 때문에 CCTV에 보이지 않은 모양이로군요?"

"그런 거 같아요. 하지만 영상 전문가들도 방해 전파도 아니고 생체 자기장으로 인한 건 초유의 일이라며 국제 논문을 뒤져봐야 한다고……."

"믿고 싶지 않은 게 당연하겠죠."

"믿고 싶지 않은 게 한 가지 또 있습니다."

"뭐죠?"

"자기장 때문인지 체중 체크도 불가능하고 손가락 지문도 특이하여 피문학(Dermatoglyphics)의 범주로는 파악할 수 없을 정도라고……."

"족적과 지문 찾기가 어려웠던 이유가 되겠군요."

창하가 답했다. 피문학은 지문과 손바닥의 장문, 발바닥의 족문을 연구하는 학문이다. 지문학으로도 불린다. 두형문, 쌍기문, 호형문 등의 세 가지 형태에 기본을 두고 지문을 분석한다. 그 지문마저 변종으로 바뀐 박상도였다.

"족적 실험도 패스였어요. 걷기는 걷는데 발의 일부만 찍히는 거예요. 체중이 다르게 실리는 거죠. 오죽하면 우리 배 경위가 그래요. 범인은 외계 생명체라고."

"외계 생명체?"

"실체가 있지만 CCTV에 찍히지 않으니까요. 심장에 문제가 생기기 이전의 박상도는 지문도 있고 CCTV에 찍힌 영상도 찾았습니다."

"지하실 심장 고정액은요? 성분분석이 나왔습니까?"

"흔한 에칠 알코올에 자연산 방부제 혼합물이라고 하더군요."

"에칠 알코올에 자연산 방부제……."

"특별한 거면 고정액 판매망을 전부 뒤지려 했는데 그것도 의미가 없어졌습니다."

"PLC—R 검사는요?"

"사이코패스 검사 말이군요. 묵비권에 무반응이니 진행하다 말았습니다."

"……."

"……."

"박상도 말입니다. 사형이 선고될까요?"

침묵 후에 창하가 고개를 들었다.

"당연히 그래야죠. 발견된 세 심장 건만 해도……."

"만약 사형이 선고되면 그 형은 바로 집행되는 게 좋습니다."

"선생님, 그건……."

"실질적 사형 집행이 정지된 한국. 그건 저도 압니다. 하지만 이 살인마들은 예외예요. 교도소에 수감해 두면 위험합니다."

"그렇겠군요. 하지만……."

"이들은 인간이 아닙니다. 인권 차원에서 접근하면 안 됩니다."

"윗분들께 건의해 보겠습니다."

"선택이 아니라 필수예요. 저라고 인권 경시해서 드리는 말 아닙니다."

"최선을 다해볼게요. 약속해요."

"……."

"이제 가시죠."

채린이 문을 가리켰다.

"조사실 와본 적 있으세요?"

조사실 복도에서 채린이 물었다.

"드라마에서는 봤죠."

"비슷하기는 해요. 조사실 풍경은 특수 유리로 된 참관실에서 수사 팀이 지켜보고 있습니다. 우리 청장님, 센터장님에 대검 DFC의 책임자, 이장혁 검사까지 와 있어요. 녹음과 녹화도 되고 있고요. 아, 녹화는 별 의미가 없군요. 아무튼 만약의 사태가 벌어지면 직원들이 투입되게 되어 있으니 편안하게 임하셔도 됩니다."

"저 혼자 들어가는 겁니까?"

"제가 동행해요."

채린이 답했다.

끼이.

채린이 문을 열었다. 기다란 책상 앞에 앉은 박상도가 보였다. 안에서는 2인 1조의 조사관들이 강온 양면 작전을 펼치고 있었다.

"야, 이 인간 같지도 않은 새끼야. DNA에 적출된 심장까지 증거 다 나왔어. 그럼 희생자와 유족들 생각해서도 범행을 불어야 할 거 아냐?"

악역을 맡은 조사관의 행동이 폭주를 계속한다.

"이런 씨발 새끼를 봤나? 악마의 탈을 쓴 새끼가 천사표 미소 흉내냐? 위선 그만 떨고 자백해. 나머지 적출 심장은 어디 있어?"

멱살까지 잡지만 미동도 않는 박상도.

"그만 나가보세요."

채린이 말하자 조사관들이 서류 판을 들고 일어섰다.

조사관들이 바뀌지만 박상도는 반응이 없다. 저 홀로 평화로울 뿐이다. 겹겹이 묶인 것만 제외하면 살인마는커녕 범죄자로도 믿을 수 없는 쾌남이었다. 저 인상 때문에 희생자들은 반항하지 못했다. 의심의 여지조차 없는 선량함 때문에…….

백택 8안.

그 예지는 박상도의 가슴 부위에 아련했다. 고마웠다. 코앞에 두고도 잡지 못했을 범인을 알려주는 백택… 박상도 앞에 앉은 창하가 메스를 꺼내놓았다.

달각!

"박상도 씨."

그러자!

평화롭던 박상도의 안면이 벼락처럼 경련을 했다. 눈길도 주지 않더니 단숨에 시선을 돌린다. 목적지는 백택 조각이 붙은 메스였다.

움찔.

폭발적인 경련이 온몸으로 번져간다. 그 순간, 박상도의 눈이 야수처럼 열렸다. 지금까지와 달리 눈알이 터져 나올 듯 격한 반응. 그러더니 마침내 의자에 묶인 채로 벌떡 일어서는 박상도였다.

"이 선생님이 위험합니다."

참관실 유리 안에서 지켜보던 이장혁이 소리쳤다.

* * *

"우워억!"

박상도가 발악을 했다. 의자 뒤로 손을 돌려 묶었음에도 필사적으로 뛰었다.

"엎드려요."

장혁이 문을 차고 들어왔다.

빠자작!

함께 들어온 형사들이 테이저 건을 발사했다. 이장혁의 요청을 받은 것이다.

"우어억!"

박상도가 거꾸러졌다. 유리창 앞이었다. 다행히 창하에게 달려든 게 아니라 조사실의 유리창을 향해 몸을 날린 상황이었다.

"끄어어……."

충격을 먹은 박상도가 몸부림을 쳤다.

"비켜보세요."

창하가 나섰다.

"위험합니다. 의사부터 부르겠습니다."

장혁이 길을 막았다.

"내가 의사입니다."

"……."

창하의 눈빛은 단단했다. 이창하는 의사. 의심의 여지없는 팩트가 아닌가? 박상도를 돌아본 장혁이 길을 내주었다. 형사 여섯 명이 테이저 건을 겨누는 틈으로 창하가 다가섰다.

"끄어어……."

박상도의 눈동자에 선 핏발은 폭발 직전이었다. 그건 무한의 공포로 보였다. 체포 이후 한 번의 동요도 없던 표정이 멋대로 구겨지고 있는 것이다.

"뭐지?"

채린이 장혁을 바라보았다.

"임자 만났나 보지. 맹견도 개장수 앞에서는 꼼짝 못 한다잖아?"

"기왕이면 수의사."

채린이 단어의 격을 높여주었다.

그사이에 두 형사가 박상도를 책상 앞에 앉혔다. 박상도는 미친 듯이 떨었다. 백택의 메스에는 눈길 한 번 주지 못할 정도였다.

"됐어요."

상황이 안정되자 채린이 신호를 보냈다.

"가지고 계시죠."

형사가 테이저 건을 채린에게 찔러주고 나갔다. 장혁도 그 뒤를 이었다.

“박상도 씨.”

창하가 책상 앞에 자리를 잡았다.

“꾸우…….”

박상도는 야수의 소리를 내며 전율했다.

“이거 알지?”

백택의 메스를 내밀었다. 그러자 박상도의 몸서리가 극한으로 치닫는다.

“뭐야?”

참관실 안의 분위기도 긴장으로 휩싸였다. 경찰 베테랑 조사관과 특급 프로파일러들이 들어가도 미동조차 없던 범인이 반응하고 있는 것이다.

“당신 정체가 뭐야?”

창하가 다그친다.

“우우…….”

“단독범 아니지?”

“…….”

“다른 살인범들 어디 있어?”

“…….”

“셋이지?”

창하가 선제공격을 날렸다. 다른 건 몰라도 이것만은 확인하고 싶었다. 부러질 듯 숙인 박상도의 어깨가 격한 반응을 보였다. 하지만 목소리는 나오지 않았다.

"팀장님."

창하가 채린을 바라보았다.

"네."

"유리 뒤에 사람들이 있다고 했죠? 보는 건 상관없지만 제 목소리는 나가지 않게 해주십시오."

"선생님."

"부탁합니다."

"……."

"팀장님."

"알겠습니다."

채린이 책상으로 다가섰다. 참관실에서 뭐라고 반응할 사이도 없이 볼륨을 낮춰 버렸다.

—진행하세요.

채린의 눈빛에 새겨진 의미였다.

"당신……."

의자에서 일어선 창하 시선이 박상도를 겨누었다.

"진짜 박상도 아니지?"

"……."

"박상도의 목숨이 끊어지는 순간 그 몸으로 들어간 또 다른 존재?"

"……."

"말해. 그렇지 않고는 DNA의 변화에다 인체로는 상상도 못할 생체 자기장이 나올 리 없어."

"……."

"말하라고."

창하가 박상도 코앞에 메스를 흔들었다. 등으로 박상도를 가렸으니 참관실 안의 사람들은 창하의 등만 볼 뿐이었다.

"우우우우……."

박상도는 미친 듯이 떨었다.

"말하라고."

메스가 그의 이마를 들어 올린다. 이마는 식은땀 범벅이다. 이번에는 심장 위치로 가져갔다. 그러자 범인이 혼비백산하며 넘어갔다.

다닥타닥.

창하 귀에 은제 타자기 소리가 스쳐 갔다.

「白澤用枯死 只有那一个方法」

—오직 백택으로 죽는다.

방성욱과 점성술사가 전해준 비밀. 박상도가 두려워하는 이유가 거기 있었다. 백택 메스의 폭발적 신통력… 살인귀가 오금조차 펴지 못하게 하는 위력이었다.

'좋아.'

창하가 힘을 받기 시작했다.

"검시관이 보기보다 액티브하시군. 대체 뭘 하고 있는 건가?"

참관실의 청장이 입을 열었다.

"말릴까요?"

센터장이 의향을 물었다.

"좀 더 지켜보는 게 좋을 것 같습니다."

장혁은 반대 의견이었다.

"범인 검거의 열쇠를 제공한 사람입니다. 국과수와 한국의 검시관 그 누구도 하지 못한 일 말입니다. 지금도… 잘하고 있지 않습니까? 어떤 취조에도 미동도 않던 범인이 반응을 하고 있습니다."

팩트도 보태놓았다.

"……."

청장이 입을 닫았다. 장혁의 의견이 먹힌 것이다. 그럴 수밖에 없었다. 참관실 안, 조사실을 녹화하는 카메라가 돌고 있었다. 그러나 화면에 박상도는 나오지 않았다. 눈으로는 볼 수 있지만 영상에서는 투명 인간이 되는 범인. 청장은 머리가 터질 지경이었다.

"나는 너희를 잡기 위해 백택의 능력을 받은 사람이야. 너를 죽이는 방법도 알고 있어."

이번에는 핸드폰 사진을 눈앞에 들이밀었다. 은제 타자기가 찍어놓은 그 글자였다.

「白澤用枯死 只有那一个方法」

다음 사진은 9차 마방진, 그리고 둥근 달빛이었다.

박상도의 눈알에 시신의 부패망보다 진한 핏발이 곤두섰다.

"숨겨도 소용없고 숨어도 소용없어. 나는 너희의 표식을 볼 수 있으니까."

"……."

"그러니 말해. 어떻게 죽였는지, 살귀가 몇 명인지."

"……."

"어서!"

창하의 백택 조각이 박상도의 심장 부위를 겨눴다. 그러자 박상도가 감전된 듯 흔들린다. 얼굴에는 식은땀이 폭우를 이룬다. 공포에 전 몰골로 자신을 묶은 케이블 타이와 수갑을 바라보는 박상도.

"풀어주세요."

창하가 채린에게 말했다.

"선생님, 위험합니다."

"한 손만 풀어주시면 되잖아요. 왼팔."

"선생님."

"어쩌면 말을 못 하는 건지도 모릅니다. 체포 과정과 그 후에 단 한마디라도 했나요?"

"그런 보고는 없었습니다."

"그렇다면 액션이라도 봐야죠."

"……."

"안 풀어줄 겁니까?"

"알았어요."

채린이 박상도에게 다가섰다. 동시에 참관실로부터 복도의 형사들에게 특별명령이 하달되었다.

"진입 준비하고 대기하도록."

명령이 떨어지자 형사들은 일제히 테이저 건을 뽑아 들었다.

채린은 박상도의 오른손에 케이블 타이 둘을 두르고 수갑을 따로 채웠다. 그런 다음에야 몸을 묶은 줄을 자르고 수갑을 따주었다. 범인의 왼팔이 자유로워지자 창하의 호위 위치에 서는 채린. 참관실의 촉각도 잔뜩 곤두선 모습이었다.

"해봐. 어떻게 심장을 적출했는지."

창하의 다그침이 이어졌다. 박상도는 천천히 시선을 들었다. 그런 다음 왼손을 내밀었다. 손은 진동병 '레노이드'라도 걸린 듯 벌벌 떨린다. 손은 허공을 찌르고 멈췄다. 거기서 허공을 움켜쥔다. 그걸 다시 빼내는 동작으로 범행 재현은 끝났다.

"마네킹 있습니까?"

창하가 채린을 돌아보았다. 말뜻을 알아들은 채린이 배 경위에게 지시를 내렸다. 바로 마네킹이 준비되었다.

"해봐."

마네킹을 범인 앞에 세워준 창하가 물러섰다. 창하와 마네킹을 번갈아 바라본 박상도의 손이 벼락처럼 허공을 갈랐다.

퍼억!

"……!"

창하와 채린은 눈을 의심했다. 마네킹은 종이가 아니었다. 그럼에도 박상도의 손은 횡경막 위치를 정확하게 들어갔다 나왔다. 엄청난 파워와 스피드였다.

마네킹은 채린 쪽으로 쓰러졌다. 가슴 밑이 휑하니 뚫린 상태였다.

채린이 재빨리 움직여 박상도의 왼손을 제압했다. 케이블 타이에 수갑까지 채우고서야 겨우 숨을 돌리는 그녀였다.

"……!"

참관실 안에 있던 사람들은 거의 쓰러질 뻔했다. 창하의 이론이 실제로 증명된 셈이니 혼이 빠질 지경이었다.

"좋아. 살인마는 모두 몇 명?"

창하의 심문이 이어졌다.

"……."

"말해. 말을 못 하면 손가락으로라도!"

한 번 더 닦아세우지만 박상도는 고개를 젓는다.

"어디 있어? 어디 있냐고?"

메스 조각으로 심장 부위를 누르자 박상도 눈에서 빛이 사라졌다. 그대로 의식을 잃은 것이다.

박상도는 경찰병원으로 옮겨졌다. 의식은 돌아오지 않았다. 박상도는 그저 맹목적으로 심장 적출의 미션을 실행하는 기계였을까? 창하 심문은 그렇게 끝을 맺었다.

"……!"

회의실 분위기는 무거웠다. 경찰청장 표정은 더 심각했다. 테이블에는 차장과 수사국장, 과장, 센터장에 창하와 장혁, 채린이 동석하고 있었다. 청장은 정복이다. 가까운 청와대에서 VIP가 보고를 기다리고 있었다.

범인은 둘 이상, 혹은 셋?

먼 시내를 바라보는 청장의 눈빛이 무거웠다. 천신만고 끝에 체포한 미궁 살인마. 그러나 자백을 받지 못한 것이다.

"그 주장의 신빙성은?"

청장이 중얼거렸다.

"선생님."

채린이 창하 옆구리를 찔렀다.

"100%입니다."

창하가 답했다.

"100%… 세군."

"희생자들 부검 자료를 좀 띄워주시죠."

창하가 요청하자 화면이 준비되었다. 여덟 희생자의 손상 단면들이 나란히 떠올랐다.

"손이 살인 도구라는 것이 증명되었으니 간단하게 설명하겠습니다. 손상의 단면들을 보면 세 가지 분류가 가능합니다. 여기 첫 번째 타입의 윤곽도가 지금 체포된 박상도의 것이니 나머지 두 타입의 범인은 아직 활동 중입니다."

"남은 범인이 둘에 9차 마방진 순으로 범행, 장소는 어느 지역의 서쪽, 디데이는 보름 전후 달이 있는 날……."

"그렇습니다."

"다음 예정 희생자는 77세?"

"……."

"황당하군. 이걸 보고라고 들고 가야 하다니……."

"재연으로 부서진 마네킹을 가져가시면……."

채린이 의견을 냈다.

"영상이라면 몰라도 마네킹을? VIP께서 웃을 걸세. 게다가 영상에는 범인 모습도 보이지도 않고……."

"……."

"범인 상태는 어떤가?"

"계속 의식불명 상태라고 합니다. 생각보다 심각해서 깨어나지 못할 수도 있다고……."

채린이 상황을 보고했다.

"제 생각입니다만……."

침묵하던 창하의 입이 다시 열렸다.

"최근 몇 달 사이에 절명의 위기를 넘긴 사람들의 파악이 필요합니다. 박상도의 예를 보아 범인들은 생사의 위기를 넘기는 와중에 이상적 현상이 발생해 살인마가 된 것 같습니다. 그들을 찾아 손 모양을 파악하면 범인을 압축해 갈 수 있습니다."

"난감하군. 죽을 뻔한 사람을 어떻게 다 찾는단 말인가? 그런 경우는 일일이 다 꼽을 수도 없지 않은가?"

"달리 방법이 없습니다. 기이한 생체 자기장 현상으로 인해 CCTV에도 찍히지 않지 않습니까?"

"변 국장."

청장이 국장을 바라보았다.

"예, 청장님."

"기자들 와 있죠?"

"대기실 복도까지 초만원입니다. 외신기자들도 20여 명이나……."

"손상된 마네킹을 넣어서 무예의 초고수 정도로 발표문 초안 잡으시게. 범인이 더 있을 수 있다는 가능성은 좀 더 지켜보기고 하고."

"청장님. 이건 가능성이 아니라 팩트입니다."

창하 목소리가 튀었다.

"참작하겠다지 않나. 하지만 당장은 언론에 내놓을 증거가 명쾌하지 않아."

"저들을 일반인의 범주에서 이해하려고 하면 안 됩니다."

"그럼 어쩌라는 건가? 과학으로 설명해야 하는 자네들도 애를 먹고 있는 판에."

"……."

창하가 입을 다물었다.

—백택의 계시가 있었습니다.

—범인은 둘 이상입니다.

그렇게 보도 자료를 뿌릴 수는 없는 일이었다.

"혹 범인이 더 있다 해도 일단은 추이를 지켜볼 수밖에 없네. 자네 판단이 틀리면 고마운 일이고."

"……."

"VIP께는?"

차장이 고개를 들었다.

"내가 적당히 둘러대지. 어차피 벗을 옷 아닌가?"

"청장님."

"순직한 직원들 예우만 확정되면 나는 조만간 물러날 걸세. 청와대와도 교감이 되어 있네."

"청장님……."

"시민이 여덟에 형사가 둘이나 죽었어. 누군가는 책임을 져야 하는데 그게 자네들일 수는 없잖은가?"

청장이 모자를 집어 들었다. 그동안 국회와 청와대의 질책을 온몸으로 막아온 사람. 창하의 의견을 전격 수용하지 않으니 불만이지만 강철의 책임감만은 마음에 들었다.

"아, 이창하 선생?"

문으로 향하던 청장이 창하를 돌아보았다.

"예."

"아무튼 수고했네. 사건이 이것으로 종결되면 좋겠지만 혹 이 선생 말처럼 범인이 더 있다면… 앞으로도 우리 수사, 적극 도와주시게."

"예."

"그럼 변 국장, 기자회견 부탁하네."

모자를 눌러쓴 청장이 회의실을 나갔다. 아쉬웠다. 하지만 수사 방향의 결정과 결과 발표는 경찰의 몫. 차장과 국장까지 나가니 회의실에는 세 사람만 남았다. 창하와 채린, 그리고 장혁이었다.

"보고 또 봐도 어이가 없군."

장혁은 아까 실험한 것과 같은 마네킹 앞이다. 재연 흉내를 내본다. 단단한 마네킹 표면이 뚫릴 리 없다. 조금 세게 치니 손가락이 부러질 듯 아팠다. 회의실 구석에서 과도를 집어다 찔러본다. 과도도 들어가지 않는 마네킹 재질…….

"후어."

한숨이 저절로 나왔다.

"그만하고 애써주신 이 선생님, 의뢰받은 수사 결과나 내놓으셔."

채린이 화제를 돌렸다.

"수사 결과?"

"범인 윤곽 드러났다며?"

"예?"

채린의 말에 창하가 격한 반응을 보였다. 아버지 사건 수사에 진전이 있는 모양이었다. 박상도 때문인지 기력이 쭉 빠진 차에 위로가 되는 소식이었다.

"이 검사님?"

창하가 장혁을 바라보았다.

"심문 끝나면 말씀드린다는 게 제가 너무 몰입했네요. 후배 검사에게 수사를 맡겼는데 범인 윤곽을 잡았답니다."

"누굽니까?"

"유력한 용의자는 뜻밖에도……."

'뜻밖?'

창하의 시선이 출렁이기 시작했다.

제5장

—

빼박 증거를 들이밀다

"뜻밖이라뇨? 남한봉과 진기수 외에 다른 인물이란 말입니까?"

"그렇습니다."

"그럼 대체 누구?"

"선생님이 주셨던 손 모형 말입니다. 당시 부친과 금전 관계에 있던 사람들과 거래처를 모조리 뒤졌는데 모두 알리바이가 있었습니다. 남한봉은 그날 3일 계획으로 제주도에 내려간 날이라 항공사 탑승 명단에서 확인을 했고 진기수 역시 사망 시각에 협회에서 강연을 하고 있었습니다. 협회에 관련 사진이 있더군요."

메모장을 꺼낸 장혁이 설명을 이어갔다.

"물론 그 두 사람, 부친과 금전 관계를 실토하기는 했습니다. 남한봉은 사석에서 3천만 원을 빌린 적이 있고 진기수 역시 5천만 원을 빌렸다고 하더군요. 둘 다 차용증 같은 것은 없었는데 이제라도 반환 의사를 밝혀왔습니다."

"맞아요. 우리 아버지는 돈 거래에 있어 차용증 같은 걸 받지 않는 분이셨습니다. 그런 걸 받으면 사람을 잃는다고……."

"진기수의 경우에는 손 모형과 사이즈가 유사해 기대를 했었는데 결정적으로 중지가 작더군요. 그것만으로도 부친을 밀친 혐의는 벗었습니다."

"그럼 대체 누가?"

"내가 쪼기도 했지만 우리 윤승구 검사가 제대로 수사를 했더군요. 당시 부친과의 거래처를 뽑아 빈도순으로 나누고, 다시 사업의 중요성을 더해 리스트를 뽑고 또 한쪽으로는 동창이나… 죄송하지만 여자 관계도……."

"……."

"마지막으로 사건을 맡았던 경찰들까지 죄다 수사 선상에 넣었던 모양입니다."

"예……."

창하가 숨을 골랐다. 10년도 넘은 사건. 그렇게 심혈을 기울여 준 건 역시 미궁 살인 때문이었다. 창하가 미궁 살인 해법을 내놓으며 부각되자 검찰도 전력을 다한 것이다.

"결론으로 가면 이 사람입니다."

장혁이 사진 하나를 열어놓았다. 사진의 주인공은 놀랍게도…….

"나동광 아저씨?"

창하 눈빛이 멋대로 튀었다. 아버지의 절친이자 당시 사건을 지휘한 나동광이 유력 용의자라니?

"처음에는 단순히 참고인으로 불렀습니다. 현직 총경이니 만만한 사람은 아니죠. 게다가 요즘 검찰과 경찰이 수사권 문제로 뜨겁지 않습니까?"

"……."

"그러다 우리 윤 검사가 감을 잡은 모양입니다. 우선 다른 형사가 수사 중인 사건을 특별한 이유 없이 자신이 맡은 점, 부검 사진을 형사에게 건넸다는데 양자의 진술이 엇갈리는 점, 당시 형사는 부검을 국과수로 보내려고 했는데 나 서장이 극구 객원 검시관인 엄상탁에게 맡겼다는 점……."

"……."

"문제는 이 엄상탁 씨가 나동광의 수사를 받은 적이 있다는 겁니다. 그 직전 해에 부검 문제로 고소 고발이 들어와 수사를 했더군요. 한번 보시겠습니까?"

장혁이 뭔가를 꺼내놓았다. 부검 결과지였다.

「사인—급성알코올중독사」

결과지의 혈중알코올농도는 0.455%.

"이 정도면 사망에 이를 수 있는 농도인데요?"

창하가 고개를 들었다.

"그런가요?"

"예. 혈중알코올농도가 0.4~0.5%에 이르면 급성알코올중독사로 숨질 수 있거든요."

"문제는 사망자의 가족 주장이 달랐던 거죠. 그들은 사망자가 술을 마시긴 했지만 배갈 서너 잔이라고 했습니다. 의료사고를 알코올로 몰고 갔다는 거였죠."

"……."

"당시 배경을 짚어보니 서울청 국장의 조카가 담당 의사였더군요. 코피를 흘리고 구토를 하는 통에 응급실에 내원한 환자. 오른쪽 팔다리가 뻣뻣하고 아프다며 응급실 바닥을 굴렀지만 입에서 술 냄새가 나니 주취자로 판단하고 그냥 내보냈다는 진술서가 있었습니다."

"뇌출혈?"

장혁의 설명을 듣던 창하가 진짜 원인을 유추해 냈다. 그건 뇌출혈 환자들의 증세이기도 했던 것이다.

"역시 아시는군요. 이제 그림이 좀 그려지시나요?"

"그래서 부검을 했지만 결과는 급성알코올중독사……?"

"그렇습니다."

"……."

창하 표정이 굳었다. 뇌출혈과 만취자의 증세는 유사한 측면이 있다. 그러나 부검은 다르다. 뇌출혈과 급성알코올중독을 착각할 부검의는 없었다.

푸헐.

한숨이 나왔다. 부검 강의 시간에 교수가 한 '명언'이 떠오른 것이다.

「부검 결과가 마음에 들지 않으면 돈을 써라. 그러면 마음에

드는 결과가 나올 것이다.」

“두 번째는 알리바이입니다. 나동광은 사건 발생 시각에 외부에서 수사 참고인을 만나고 있었다고 했는데 누군지 특정하지 못했습니다. 많을 때는 하루 십여 명도 만나기 때문에 그렇다는데 신빙성이 없고… 결정적으로…….”

장혁이 창하를 바라보며 남은 말을 붙였다.

“선생님의 손 모형과 가장 합치하는 손을 가졌더군요.”

“……!”

“하지만 당연히 부인하더군요. 수사를 맡은 건 친구의 주검이기에 최선을 다하고 싶었고 사진은 기억에 없다는 거죠. 우리 윤 검사가 여기서 살짝 막히고 있습니다. 심증은 왔는데 물증은 손 모형 하나. 게다가 결정적으로 범행 동기를 못 찾겠다는 겁니다.”

“동기라면?”

“어쩌면 금전이겠죠. 아니면 죄송하지만 둘의 여자 문제일 수도…….”

“여자요?”

“죄송합니다.”

장혁이 눈빛을 비꼈다.

“손 모형에 대해서는 뭐라고 하던가요?”

“지문도 아니고… 비슷한 손을 가진 사람은 많지 않냐며 회피하고 있답니다. 게다가 자기 손은 모형보다 살집이 많은 편이라며…….”

"그건 당연합니다. 나 형사님, 아니, 이제 서장이죠. 나 서장은 그 당시보다 살이 많이 쪘거든요."

"동기가 될 만한 게 없을까요?"

"찾아보죠. 아버지의 유품 일부가 아직 이모 집에 있거든요."

"그래 주십시오. 동기만 나오면 구속영장 청구하겠습니다."

장혁의 목소리에 힘이 들어갔다. 관건은 역시나 증거였다.

복도로 나오자 소란이 들려왔다. 기자 대기실 쪽이었다. 정말이지 100명도 넘는 취재진 같았다. 거푸 터지는 카메라 셔터가 섬광탄을 방불케 할 정도였다.

"범인이 배운 무술이 무엇입니까?"

"의학을 전공한 건 아닙니까?"

"진짜 순수한 손입니까? 로봇 팔을 장착한 건 아니고요?"

질문은 복도까지 밀려 나왔다.

로봇 팔.

AI 시대, 어쩌면 백택보다는 일리 있는 질문 같았다.

"선생님."

기자회견장을 넘겨보는 창하를 채린이 불렀다.

"아까 그 메스 좀 보여주세요. 아직도 믿기가 어렵네요."

"보세요."

창하가 메스를 보여주었다.

"와아, 백택… 작지만 신성해 보이네요. 이게 박상도를 완전 멘붕 상태로 만들어 버렸잖아요."

"말했잖습니까? 백택의 신통력이 제게 들어왔다고."

"미안해요. 실은 취조에 거듭 실패하면서 제가 백택 조각상을 가지고 배 경위의 취조 자리에 합석한 적 있었거든요. 그때는 별 반응이 없더라고요. 그래서 100% 믿지는 못했어요."

"지금은요?"

"백택도 선생님이 쓰면 다르네요. 102% 믿어요."

"범인이 더 있다는 것도요?"

"그건 박상도가 아무 사인도 주지 않은 게 찜찜해요. 왜일까요? 마네킹 시연까지는 했는데… 선생님을 믿지만 범인은 그 한 사람이 아닐까 싶기도……."

"아뇨. 제 생각에 범인들은 침묵의 일꾼에 불과할 수도 있을 것 같습니다. 보이지 않는 힘이나 기운에 의해 임무만 수행하는……."

"……."

"다시 말하지만 미궁 살인은 완전히 끝난 게 아닙니다."

"네. 저도 단지 희망 사항이었어요."

"……."

"신세 많이 졌는데 선친 유품 있으면 넘기세요. 같은 경찰로서 볼 낯도 없고… 증거 찾는 거 도와드릴게요."

주차장으로 가면서 채린이 말했다.

"제가 먼저 보고 필요하면 요청드리겠습니다."

창하가 사양 의사를 밝혔다. 아버지의 유품이다. 창하도 다 체크하지 못한 것들. 그 흔적을 다른 사람에게 보여주고 싶지 않았다. 어쩌면 장혁의 말도 하나의 이유가 되었다.

"여자 문제일 수도……."

창하가 아는 아버지.

당연히 여자 문제가 있을 수 없었다. 게다가 어머니는 일찍 돌아가신 상황. 설령 여자가 있다고 해도 큰 흠이 될 일은 아니었다. 하지만 미궁 살인처럼 세상에는, 언제나 예외라는 게 있었다.

전공의 시절 들은 홍 교수 일이 그랬다. 62살의 그는 애처가로 소문이 나 있었다. 그러나 여자 문제로 파면이 되었다. 같이 근무하던 37살 간호사와 무려 12년이나 내연관계를 맺어오다 들통이 난 것이다.

그 딸이 목을 매고 자살했다. 가장 깨끗한 남자인 줄 알았던 아버지의 배신. 그 상실감을 이기지 못한 것이다. 그 일은 원내에 큰 이슈가 되었다. 그게 마음에 남은 창하였다.

"창하야!"

오랜만에 만나는 이모가 반색을 했다. 외사촌 동생 소미도 반가운 표정이다.

"오빠가 미궁 살인범 밝혀냈다며?"

동생의 얼굴에는 자부심이 가득했다.

"그래, 왜?"

"와아, 역시… 오빠 나 인증 숏 한 장 찍어도 돼?"

"사진은 뭐 하게?"

"내 카스에 올리게. 애들이 다 뒤집어질 거야."

"얘, 오빠 피곤해."

이모가 말리지만 창하가 수락해 주었다. 열일곱 고등학생. 자랑하고 싶은 게 많은 나이였다.

"그런데 오빠, 범인의 도구가 진짜 손이야?"

소미가 손바닥을 펼쳐 보였다.

"그래."

"우와, 전문가적인 시각으로 볼 때 그 수준에 도달하려면 무술을 몇 년이나 배워야 해?"

"보통 사람은 100년을 해도 안 돼."

"어머, 그럼 범인은 무술 천재네?"

"……"

"아오, 그 능력으로 올림픽 나가면 금메달은 문제없을 텐데… 얼굴도 존잘이니 팬도 많을 테고……."

"얘, 너 학원 간다며?"

이모가 소미의 폭주를 막았다.

"어머, 내 정신. 오빠, 저녁 먹고 갈 거야?"

"아니, 일이 밀려서……."

"나 언제 국과수 놀러 가도 돼? 친구들이랑. 나도 나중에 검시관 되고 싶어."

"그래. 하지만 아직은 내가 쫄이니까 조금 지난 후에."

"알았어. 약속한 거다."

다짐을 놓은 소미가 뛰어나갔다.

"쟤가 저렇다니까. 내신 3등급 후반 주제에 검시관은 아무나 되나?"

이모가 혀를 찼다.

"이모부는요?"

"잘 계셔. 안 그래도 네 얘기 하시더라. 밥이라도 한번 사야 하는데 면목이 없다고."

"별말씀을요. 제가 취직 턱을 내야죠."

"힘들지. 아휴… 겨우 의사 되었는데 검시관이라니… 아휴… 게다가 미궁 살인범 같은 흉악한 놈이 저지른 범죄의 희생자들 부검이라니……."

이모 눈에 물기가 서린다. 힘든 전공의 마치고 국과수로 직행. 이모나 이모부에게는 상상 너머의 선택이었던 것이다.

"아버지 유품 좀 보여주세요."

"아, 참… 그건 좀 진전이 있어? 나도 불려 갔다 오긴 했는데……."

"번거롭게 해드려서 죄송해요."

"무슨 소리야. 형부가 피살된 거라면 어떻게든 밝혀야지."

"용의자를 찾은 모양이에요. 동기가 될 만한 게 필요하다고……."

"아유, 그게 진짜 살인이었어?"

"아직 확정된 건 아니에요."

"따라와. 내가 좀 뒤져보긴 했는데……."

이모가 앞서 걸었다. 보일러실 쪽이었다. 구석에 헌 박스 몇 개가 보였다. 주로 아버지의 취미 생활 물건과 탁상용 캘린더 몇 개였다. 물건 중에는 작은 스포츠카 모형과 성냥갑, 주화 등이 있었다. 아버지 생각이 났다. 이렇게 스포츠카를 좋아했지만 정작 아버지의 애마는 프라이드 베타와 마티즈가 고작이었다. 그만큼 검소한 사람이었다.

추억은 내려두고 체크를 시작했다. 아버지가 스크랩해 둔 신문들이 넘어가고 민화 수첩이 넘어갔다. 창하의 그림 취미는 아버지에게서 온 건지도 몰랐다. 몇몇 계약서가 보이지만 사건과는 무관해 보였다. 작은 박스의 바닥을 뒤지고 책의 갈피 갈피를 뒤졌지만 차용증 같은 건 나오지 않았다. 그때 이모 목소리가 창하 귀를 파고 들어왔다.

"아유, 형부도 이때부터 깜빡깜빡한 모양이다. 달력 날짜에 이것저것 적어뒀네. 나도 요즘 달력에 적어두지 않으면 까마득히 잊어버리거든. 지난주 소미 생일도 잊어버리는 바람에 온갖 원망을 다 들었지 뭐냐?"

이모 손에 들린 탁상용 캘린더. 거기에 아버지의 흔적이 있었다.

"제가 좀 볼게요."

이모를 밀어내고 캘린더를 집었다. 다행히 아버지가 죽은 그 해를 기점으로 4년 전 것까지였다. 체크는 거꾸로 해나갔다. 아버지가 사망할 날로부터 역순이었다.

"……!"

그 전해의 캘린더를 넘길 때였다. 같은 달에 기막힌 메모가 있었다.

「나동광 1억 빌려감」

날짜를 짚으니 아버지가 사망한 날부터 1년 하고도 일주일 전이었다. 그 전해의 캘린더에서 또 다른 메모를 찾았다.

「나동광 6천만 원 빌려감」
「남한봉 3천만 원 빌려감」
「진기수 5천만 원 빌려감」

남한봉과 진기수의 액수. 장혁이 말한 것과 일치했다. 돈거래나 계약에 대해 달력에 체크를 한 아버지였다. 빌려주고 받은 것은 다 적혀 있었다. 심지어는 창하 생일에 사준 108만 원짜리 컴퓨터 가격까지. 사망하기 2—3년 전에는 그래도 여유가 있었던 모양이다.

몇 년간 적힌 계약과 금전 거래 내역만 80건이 넘었다. 그러나 나동광과 남한봉, 진기수가 돈을 갚았다는 체크는 없었다.

나동광의 채무는 1억 6천만 원.

사망 당시 아버지의 사업은 암흑기였다. 월드컵 때 투자한 사업이 내리막을 걸으면서 자금 압박을 받던 시기. 빌려간 돈을 갚아달라고 독촉했다면 범행 동기가 될 수 있었다.

'이거로군.'

창하의 오감이 칼날처럼 일어섰다. 그래서 담당 형사를 밀어내고 그 자신이 사건을 맡은 것이다. 그래서 자신과 결탁한 적이 있는 부검의를 찾아갔다.

자상한 아빠 친구이자 장례식의 주관까지 맡아주었던 나동광. 그 이면에는 이런 추악한 행각이 깔려 있었으니 장례식을 도와준 게 아니라 창하 가족의 동향 감시가 목적이었던 것이다.

'개자식!'

캘린더를 챙긴 창하가 스프링처럼 튀어 올랐다.

*　　　*　　　*

"이창하."

목소리의 주인공은 나동광이었다. 그가 근무하는 경찰서의 서장실. 검찰청으로 향하는 창하에게 전화를 걸어온 것이다. 체크할 게 있던 차였으므로 방문 요청에 응했다.

"미궁 살인범 체포에 혁혁한 공을 세우신 검시관님."

그 목소리에 빈정이 들어 있다.

"일단 앉아라."

그가 자리를 권했다. 창하가 소파에 엉덩이를 걸쳤다.

"아버지 사망사건 재수사 신청을 한 게 너더구나."

그가 본론을 꺼내 놓았다.

"예."

"나까지 찍었냐?"

"무슨 말씀이신지?"

"섭하다. 지하의 아버지가 알면 열 좀 받을 거다. 내가 너희 아버지 죽마고우 절친이라는 거 잊었냐?"

"수사 대상자 선정은 검찰의 판단일 뿐입니다."

"그래. 너는 무슨 생각으로 재수사를 의뢰한 거냐? 이미 십 년도 더 지난 일. 게다가 부검까지 마쳤지 않느냐? 네 할머니가 참관을 했고."

"그랬습니다."

"그런데 왜? 국과수에 들어가니 누가 쓸데없는 가짜 제보나 충동질이라도 한 거냐?"

"그런데 놀아날 제가 아닙니다."

"그건 인정한다. 미궁 살인범 파악, 그거 아무나 하는 거 아니지."

그가 소파 깊이 몸을 기댔다. 두 손은 널찍한 팔걸이 위에서 까닥거린다. 그 손에 낀 반지가 창하 눈에 들어왔다. 결혼반지였다. 가정에 충실한 척 이미지 관리를 위해 여전히 끼고 있으니 고마울 뿐이었다.

'반지…….'

창하 눈빛이 광채를 내기 시작했다.

"아무튼 굉장히 섭섭하다. 그 일에 의문이 있으면 나한테 물었어야지. 이 아저씨 이제 그냥 형사 아니다. 보다시피 경찰서장이야. 곧 청와대로 근무 들어갈……."

"출세하셨군요."

"그러니까 내 말은 너 하나 도와줄 능력은 있다 이 말이다. 그 쉬운 길을 두고 검찰이라니……."

"어쩌다 보니 연결이 되었을 뿐입니다."

"네 아버지 사망은 안 된 일이다만 재수가 없었다. 친구인 내가 잘 아는데 병국이는 술에 취하면 비틀거리는 단점이 있었어."

"처음 듣는 말입니다."

"자식이 모르는 아버지의 모습, 많은 법이다. 우리 아이들도 그렇거든.”

“…….”

“아무튼 내 잘못이 크구나. 부검할 때 네 형을 데려갔어야 했는데 네 할머니를 데려갔더니 전달이 잘 안 된 모양이야.”

“할머니는 아무 문제 없으신 분입니다.”

“어쨌거나 재수사 요청은 철회해라. 너만 피곤해.”

“한 가지 궁금한 게 있습니다.”

창하가 시선을 세웠다.

“말해봐라.”

“아버지 채권채무 조사는 하셨습니까?”

“했지. 하지만 차용증이나 계약서는 발견되지 않았다.”

“그랬군요. 하실 말씀 끝났으면 그만 가도 될까요?”

“응?”

“일이 많이 밀렸거든요.”

“알았다. 아무튼 재수사 요청은 취하해라. 옛날 기억 들춰봤자 마음만 아파. 내 자식 같아서 하는 말이다.”

그가 양팔을 잡지만 그대로 돌아섰다.

‘나 서장.’

경찰서 로비에 멈춘 창하가 회심의 미소를 머금었다. 방문 성과를 얻은 것이다.

‘마음 아플 건 당신이야.’

“……!”

캘린더를 본 장혁이 바짝 고무되었다.

"도움은 되겠네요."

반응은 긍정적이다. 그러나 아주 폭발적이지는 않았다.

"약하군요?"

창하가 물었다.

"그렇다고 봐야죠. 참작은 될 수 있지만 문서가 아닙니다."

"하지만 이런 메모는 하나가 아닙니다. 제가 세어봤더니 5개년간의 캘린더에서 총 80회의 빈도입니다. 그중 70여 회는 빌린 날과 받은 날, 액수까지 일치합니다. 공문서는 아니지만 아버지 개인에게는 일종의 회계 장부였던 겁니다."

"하지만 나동광의 입장이라면 부정할 수 있습니다. 빌린 적이 없다거나 있지만 갚았는데 적히지 않을 수 있다는……."

"검사님."

"아쉽군요. 나동광의 자필 사인이 있는 차용증이 나오면 빼박인데……."

"저한테 다른 빼박이 하나 있습니다."

"선생님에게요? 그게 뭐죠?"

장혁이 고개를 들었다.

"손바닥 사진요."

"선생님."

긴장하던 장혁의 시선이 무뎌졌다. 그건 이미 제출된 증거였던 것.

"사진 속에 비장의 증거가 숨어 있습니다."

창하 목소리는 분위기가 달랐다.

다시 나동광이 검찰에 출두했다. 참고인 자격이었다.

"거 좀 적당히 합시다."

윤승구 검사 앞에 앉은 나동광은 거드름부터 피웠다. 청와대 근무가 내정된 신분의 자신감이었다. 그 순간 윤 검사의 핸드폰이 울렸다.

"여보세요? 예……."

전화를 받던 검사가 굳어버렸다. 반면 나동광은 회심의 미소를 머금는다. 전화의 주인공은 청와대 류명재 비서관이었다. 사건의 개요에 대한 문의였다. 창가로 이동한 검사가 설명을 한다. 나동광의 입은 귀밑에서 내려오지 않았다.

—수사에 대한 권력의 외압은 없다.

개소리다.

인간이 있고 권력이 있는 한 외압은 존재한다. 외압을 행사하지 못하는 권력은 매력 없다. 나동광의 머리에 팽글거리는 생각이었다. 윤 검사는 통화를 끝내고 돌아왔다.

"배경이 굉장하시네요?"

윤 검사가 소감을 말했다.

"뭐가 말이오?"

나동광은 시치미를 잡아뗀다.

"파란 기와집이랍니다. 곧 거기로 들어올 분이니 별거 아니면 시끄럽지 않게 해달라는 요지인데요?"

윤 검사가 핸드폰을 흔들어 보였다.

"내 말도 그겁니다. 그렇잖아도 시끄러운 판국에……."

"알겠습니다. 그 애로 이해하니 두세 가지만 확인하고 조사 끝내겠습니다."

"그래 주면 고맙지요."

바스락!

소리와 함께 서류 봉투 속에서 탁상용 캘린더가 나왔다.

"이 해에 혹시 이병국 씨에게 돈을 빌린 적 있습니까?"

윤 검사가 집어 든 건 16년 전 캘린더였다.

"없소."

"그럼 이 해에는요?"

이번에는 15년 전의 캘린더…….

"없소. 내가 경찰 생활 30년 차가 다 되어가지만 돈 거래는커녕 뇌물 한 푼 안 먹은 사람이오. 그런데 친구에게 돈을 빌리다니……."

"정말 없습니까?"

"없어요."

"이 캘린더… 사망한 이병국 씨가 쓰던 겁니다."

"……?"

윤 검사의 말에 나동광의 미간이 살짝 구겨졌다.

"이병국 씨는 채권채무를 캘린더에 메모하며 살았더군요. 약 4년간 적어둔 금전 관계 메모가 80여 건. 그런데 여기 흥미로운 기록이 있더군요."

윤 검사가 캘린더를 내밀었다.

「나동광 6천만 원 빌려감」

글자는 또렷했다. 붉은 라인을 둘러 강조까지 되었다. 시간에 쪼아 먹히면서 다소 변색이 되었지만 해독에 문제가 없는 기록이었다.

"이것?"

나동광이 출렁거리자 다음 해 캘린더가 출격했다.

「나동광 1억 빌려감」

"……!"

두 개의 메모가 나오자 나동광의 안색이 살짝 변했다.

"이런 류의 메모는 무수히 많습니다. 하지만 다른 메모들은 두 달 후, 혹은 반년이나 일 년 후에 상환받은 메모가 있는데 나동광 서장님 것은 보이지 않습니다. 참고로 남한봉과 진기수 씨도 일부 채무가 있는 것으로 확인되었습니다만."

"그런 적 없소. 나는 깨끗하게 살아왔소."

나동광은 오리발로 맞섰다.

"그럼 서장님의 계좌 협조를 요청해도 될까요?"

"이봐요. 윤 검사님."

나동광 목소리에 힘이 들어갔다.

"깨끗하시면 협조하실 수 있지 않습니까?"

"지금 나를 범인으로 보는 겁니까? 그렇다면 직접 증거를 대시오. 내가 청와대로 가게 되니 누가 나를 음해하는 모양인데 좌시하지 않겠소이다."

"증거라……."

"보자 보자 하니까……."

"알겠습니다. 증거 제시해 드리죠."

윤 검사가 일어섰다. 그가 문을 열자 두 사람이 들어섰다. 창하와 장혁이었다.

"이창하!"

나동광이 눈을 부라렸다. 그러나 창하는 거인처럼 다가왔다. 선 채로 나동광의 손을 바라본 창하, 노트북에서 파일을 찾기 시작했다.

"너, 내가 알아듣게 말했는데도……."

나동광이 핏대를 올리는 사이에도 창하는 노트북 키보드를 두드렸다. 거기에 핸드폰을 연결하니 사진 한 장이 떠올랐다. 장례식 날 찍었던 아버지 시신의 등이었다.

"이거 기억나시죠."

묻는 창하의 목소리는 폭발적이었다. 흥분했던 나동광조차 찔끔, 숨을 고를 정도였다.

"아버지의 장례식날 찍은 사진입니다. 아버지 등의 손자국……."

"이게 뭐?"

"이제부터 하는 말은 고삐리 이창하가 아니라 국과수 검시관의 자격으로 정식 의견을 제시하는 것임을 참고해 주시기 바랍니다."

"……?"

"부검 현장 많이 다니셨으니 부검에 대한 이해도가 높을 것으로 생각합니다. 그렇습니까?"

"……."

"우선 이 손바닥 자국을 설명하자면 생전에 누군가가 아버지의 등에 위해를 가한 손상입니다. 아시다시피 죽은 후에는 어떻게 만지든 멍이 남지 않습니다. 멍이나 흔적은 생활반응이니까요. 맞습니까?"

"……."

"여기 손바닥을 보면 두 가지 유의점이 있습니다. 하나는 엄지손가락 아래의 살집 부분입니다. 이쪽이 비교적 선명하죠? 이건 애정을 표시하기 위해 잡은 게 아니라 힘으로 밀었다는 증거입니다. 누군가의 등을 잡고 밀면 반드시 손바닥에 힘이 들어가니까요."

"……."

"이건 이 손의 모형입니다. 이미 보신 걸로 알고 있습니다. 바로 이 사진을 기반으로 만든 3D 모형입니다. 국과수에서 만든 것이니 정밀성은 의심하지 않아도 됩니다."

"이봐. 그 모형과 내 손은 살집부터……."

나동광이 여유를 보인다.

"다르죠."

"허, 알면서?"

"그래서 보정을 했습니다. 당시 서장님은 지금보다 마른 편이었죠. 장례식 때 사진과 비교하면… 복부비만으로 인한 체중 증가를 고려한 현재의 손 모양입니다. 경찰에서도 자주 쓰는 수사

기법이죠. 나이와 환경에 따른 얼굴 변화를 감안해 몽타주를 그릴 때……."

화면에 두 개의 손 모형이 떠올랐다. 보정된 손 모양은 모형보다 6% 정도 도톰해진 모습이었다.

"여기에 마디의 주름까지 계산해서 새로 제작할 생각입니다. 그럼 서장님 손과 비슷하게 될 것 같습니다만."

"야, 이창하!"

격앙된 서장이 왼손으로 테이블을 내려쳤다. 기다렸다는 듯 창하가 그 손을 잡았다.

"흥분하지 마세요. 아직 진짜 증거는 밝히지도 않았거든요."

"뭐라?"

"화면 좀 넘겨주세요. 윤 검사님."

창하가 청하자 검사 손이 움직였다. 화면이 바뀌었다. 이번에는 왼손, 약지 부분이 확대된 장면이었다.

"개, 아직도 기릅니까?"

창하가 물었다. 개 자랑하던 기억을 잊지 않고 있었다.

"사모님보다 개가 좋다던 애견가셨는데 그건 아나요? 사람 코에는 약 600만 개의 감각수용체가 있지만 양치기 개의 코에는 2억 개가 있다는 사실. 그런 개들은 커다란 수영장에 풀어놓은 설탕 한 스푼의 냄새도 감지해 낼 수 있죠. 마찬가지로 일반인들이 못 보는 것들을 검시관은 볼 수 있습니다."

"……."

"자세히 보시죠. 왼손의 약지 부분입니다. 첫째 마디 반경이 조금 강하게 나오죠? 오른손 약지와 비교하면 명쾌하게 차이가 납니다. 왜 그럴까요?"

"그걸 내가 어떻게 알아?"

나동광이 손을 뿌리치지만 창하는 놓지 않았다. 오히려 더 세게 잡아채며 남은 말을 이었다.

"반지 때문입니다. 당신이 끼고 있는 이 반지. 희미하게 찍힌 라인 요철이 보이죠? 서장님 반지에 새겨진 조각의 흔적입니다."

"……!"

"컴퓨터 복원술의 힘을 빌렸더니 판독이 가능하더군요. DKES."

"……?"

"DK는 동광, ES는 은숙, 당신 이름과 아내 이름의 이니셜."

반지.

서장의 눈이 자신의 반지로 향했다. 링을 돌아가며 새겨진 조각. 그 영문 이니셜은 틀림없이 DK와 ES의 반복이었다. 금슬 과시를 위해 특별하게 맞췄던 그 반지…….

'윽.'

반지와 화면을 번갈아 본 나동광의 눈동자에 지진이 일었다.

우르릉 쩌적.

진도 9에 버금가는 경악이었다.

"당신이 우리 아버지를 죽인 거야. 승진 뇌물 상납용으로 돈을 빌려가고는 갚지 않았지. 당시 자금 사정이 좋지 않던 아버지가 반환을 요구하자 술을 마시게 하고는 계단에서 밀었어. 그런 다음 술상을 치우고 나갔겠지. 신고가 들어가자 다른 형사에게 배정된 사건을 인수해 수사를 하는 척 증거들을 없앴을 테고… 그런 다음 당신에게 신세를 지고 있던 부검의에게 부검을 맡겨서 사고사로 처리."

"무, 무슨 소리를 하는 거야?"

"엄상탁 그 부검의… 당신이 참관한 사건의 부검 기록을 확인했어. 의사의 실수 때문에 뇌출혈로 죽은 사람, 그걸 급성알코올 중독사로 결과를 냈더군. 그 의사는 경찰청 국장의 조카. 누이 좋고 매부 좋은 결과를 향유했겠지. 그렇게 짝짜꿍하는 사이이기에 아버지의 부검도 입맛대로 결과를 받았고."

"이창하."

"고위직 되려고 부부 금슬 좋은 척 이미지 관리하느라 애 많이 쓰셨어. 아버지께서 종종 마누라를 쥐 잡듯 잡는 사람이라 하셨는데 순정의 결혼반지에 '카스'에는 잉꼬부부 사진까지… 잔머리 제대로 굴리려면 결혼반지도 바꿨어야지."

서장의 왼손을 코앞으로 밀어 반지의 홈을 확인시킨 후에 놓아버리는 창하.

"이 자식이……."

흥분한 나동광이 창하 멱살을 잡아챘다. 순간 그 팔을 밀어낸 창하가 생수병으로 나동광을 후려쳤다.

퍽!

"억!"

나동광이 얼굴을 감싸며 물러났다.

"개자식, 뭐 아버지의 절친? 아버지가 좋은 데로 갈 거라고? 이런 악마 같은 새끼."

우적!

물병이 날아갔다. 나동광의 얼굴을 직격하니 물 범벅이 되는 나동광이었다. 윤 검사가 말리려 하자 장혁이 눈짓으로 막았다.

'못 본 걸로 하자고.'

십수 년을 건너온 창하의 울분. 조금 발산한다고 문제 될 것 없었다. 일반 시민도 아니고 악취 견찰님이 아닌가?

제6장

—

비커 속의 신생아 폐

나동광 총경.

그는 비리 덩어리였다. 윤 검사가 압수수색을 하자 엄청난 악취가 쏟아져 나왔다. 대담하게도 그걸 은닉한 곳은 서장실이었다. 주로 사진과 계약서 등이었다. 아버지의 부검 사진도 그 안에 있었다. 부검 조작의 징후가 농후하니 또 하나의 증거가 되었다.

창하의 폭행과 검사들의 심문 원칙 위배에 딴죽을 걸던 나동광. 승진 과정까지 다 털겠다고 하자 자백을 하기에 이르렀다. 그 꼴에 윗분들에 대한 충성심은 있는 모양이었다.

"후우."

청와대 입성이 코앞이던 그. 만리장성이 무너지는 느낌이었다. 윤 검사 옆에는 창하가 배석했다. 장혁의 압력(?)이었다.

"내가 죽였다."

마침내 그 입이 진실을 털어놓았다.

창하가 예상하던 대로였다. 술이나 한잔 달라며 술판을 벌인 나동광. 장식장에 있던 고량주 파란 병을 직접 꺼내 왔다. 중국 거래처에서 준 것을 아버지가 모아둔 것들이었다.

"낮부터?"

아버지가 부담스러워하지만 나동광은 이미 마개를 딴 후였다.

"몰라서 그렇지 보기보다 뒤끝 깔끔해."

술을 강권했다. 죽일 생각은 없었다. 술 한잔하면서 사정하면 창하 아버지가 넘어갈 것으로 생각했다. 다른 때의 아버지는 그랬다. 하지만 이때는 달랐다.

"내가 웬만하면 이러냐? 게다가 재작년 돈도 안 갚고 있고."

"야, 잘나갈 때 친구 좀 도와준 거 가지고 생색이냐? 그리고 내가 뒤 봐준 게 얼마냐? 그거 돈으로 치면 몇 억 되고도 남는다."

"무슨 뒤? 내가 뭐 불법 사업이라도 하냐?"

"꼭 대놓고 해야 불법이냐? 이 사장 너도 내 말 한마디면 개털 되는 거 시간문제야."

"너, 말이 삐딱하다?"

"아무튼 시간 좀 줘. 당장은 안 돼."

"내가 어렵잖아? 언제든 말만 하면 돌려준다며?"

"야, 그래도 그렇지 형사 월급에 1억 6천이 장난이냐?"

"그럼 너 그거 안 갚으려고 작정하고 빌려간 거냐?"

"……."

"미안하지만 이번 주 안으로 돌려줘. 나 진짜 부도나게 생겼어."

창하 아버지는 완곡했다. 그만큼 사정이 어려웠던 것.

"화장실 좀 가야겠다."

일어서던 창하 아버지, 잠시 흔들렸다. 낮술이 올라온 것이다.

"……!"

나동광이 골똘해졌다. 돈은 없었다. 경정 승진을 위해 뇌물로 깔아버린 것. 애당초 갚을 생각도 없었다. 비리로 똘똘 뭉친 그의 잔머리가 굴러가기 시작했다. 2층으로 통하는 계단은 다소 가팔랐다. 저기서 구르면 영락없이 병원 신세. 그렇게 되면 빚 독촉은 당분간 멀어질 일이었다.

"알았다. 알아볼 테니까 술이나 한잔 더 하자."

싫다는 배갈 잔을 채워주었다.

"기분 상했냐? 한 잔 마시고 풀어라. 갚는다잖아?"

화장실서 돌아온 아버지에게 건배를 빙자해 술을 강권했다.

그 술이 쥐약이었다. 원래도 낮술을 삼가던 창하 아버지. 정신 줄이 알딸딸하게 풀려 버린 것.

"야, 안주 좀 가져와라. 나는 한잔 더 해야겠다."

그렇게 창하 아버지를 일으켜 세웠다. 그 순간이었다. 술기운이 오르며 첫 계단에서 기우뚱하던 아버지, 그 등을 나동광이 밀어버린 것.

우당탕탕!

어디 다리나 하나 똑 부러져라.

처음 그의 속셈은 그 정도였다. 그런데 제대로 굴렀다. 중간에 머리까지 부딪치더니 일어나지 않는 것이다.

'빙고.'

적어도 한 달 입원은 문제없을 것 같았다.

"야, 이 사장."

그는 위선을 떨며 계단을 내려왔다. 하지만 결과는 몹시 심각했다. 외상은 크지 않지만 머리를 제대로 부딪친 모양이었다.

'죽었어?'

살인 현장을 누볐기에 사망 판단은 어렵지 않았다. 한순간 당황하지만 이내 미소를 머금었다. 한두 달이 아니라 영원히 채무에서 벗어나게 된 것이다.

119를 부르는 대신 2층으로 올라가 술상을 치웠다. 배갈 병을 상의 주머니에 쑤셔 넣고 술잔을 치우니 완벽했다. 다른 곳에 묻은 지문이야 종종 왕래하던 친구 집이니 둘러대면 그만이었다.

김 형사에게 배정된 수사 업무를 인계받고 시나리오대로 무마한 것까지는 좋았다. 여기서 변수가 나왔다. 창하 할머니가 부검을 고집했다. 할머니도 감이 있었던 것이다.

결과적으로 그 감이 오늘을 만들었다. 만약 부검이 없었다면 장의사 배정이 달라졌을 수 있었다. 근력 좋은 장의사가 자연스레 수의를 입혔다면 창하가 아버지의 등을 보지 못했을 수도 있었다.

부검이 결정되자 우려가 생겼다. 그래서 국과수로 정해진 부검을 지역 검시관 부검으로 바꾸었던 것. 모종의 커넥션이 있었던 엄상탁이라면 자신의 입김이 먹힐 수 있기 때문이다.

"우억, 이창하 이 쉐끼!"

자백을 마친 나동광이 몸서리를 쳤다. 청와대 입성이 내정된 상황. 거기 들어가 한 2년 근무하고 나오면 경찰의 꽃으로 불리는 경무관은 따놓은 당상. 다음에 올라갈 자리는 치안감에 치안정감 뿐이니 서울청장은 사정권이었다.

"당신 말이야."

좌절하는 나동광을 향해 창하의 포문이 열렸다.

"우리 할머니가 어떤 분인지 몰랐군. 그분 조상님이 조선 역사상 최초의 부검을 행한 의원이셨거든."

"으으……."

"그런 할머니가 당신 같은 인간이 경찰 최고 간부가 되는 걸 보고만 있을 줄 알아?"

"으……."

"뇌물공여에 협박, 사건 조작, 살인, 사기, 유흥업소 갈취에 성상납… 노후는 보장된 것 같군. 숙식 보장되는 교도소에서 평생 썩어야 할 테니까."

"으……."

"미궁 살인마 박상도 의식이 돌아오면 한방에서 수감 생활하는 것도 심심하지 않을 것 같은데 그 잘난 백으로 힘 좀 써보시지."

"으……."

몸서리치는 그를 두고 조사실을 나왔다. 여죄의 추궁과 입증은 윤 검사가 할 일이었다.

"선생님."

복도로 나오자 장혁이 다가왔다.

"제대로 불던데요?"

그가 웃었다. 참관실에서 지켜본 모양이었다.

"이 검사님 덕분입니다."

"미궁 살인범 잡게 해준 거에 비하면 조족지혈이죠."

"어쨌든 덕분에 아버지와 할머니의 한을 풀었습니다."

"한편으로는 수사 검사로서 면목이 없기도 합니다. 검찰이 그런 건 아니지만 수사기관에서 일어난 일이니……."

"예. 다시는 이런 일이 생기지 않으면 좋겠네요."

"아, 차 팀장에게 전화해 보세요. 굉장히 궁금해하더라고요. 아니면 저 또 쪼아댈지 모릅니다."

"알겠습니다."

인사를 하고 검찰청 현관을 나왔다.

시계를 보았다. 형이 귀국할 시간이었다. 전화를 해볼까 싶을 때 핸드폰이 울렸다.

—이창하!

형 창길이었다.

"도착이야?"

—그래. 입국장 나와서 형수 만났다.

"아버지 범인 잡았어."

—결국 나동광 아저씨였냐?

"응."

—아, 그 인간… 어쩐지 정이 안 가더라니…….

"지금 검찰청이야. 자백 다 받았고 나머지 여죄 추궁 중이야. 아버지 납골에 가서 술이나 한 잔 부으려는데 그쪽으로 올래?"

—당연하지. 거기서 만나자.

창길이 전화를 끊었다. 시동을 걸 때 채린의 전화가 이어졌다.

"고맙습니다."

인사는 정중히 전했다. 장혁을 움직여 준 건 그녀였기 때문이었다.

—아버지 묘에 가신다고요? 잘 다녀오시고 가까운 시간에 한 번 뭉쳐요. 제가 소집령 내려둘게요.

"그러죠."

인사를 하고 발진을 했다. 마음이 한결 가벼웠다.

꼴꼴꼴!

할머니와 아버지도 기분이 좋으신 걸까? 소주 소리가 맑았다. 두 분 잔을 다 채워 드리고 절을 했다. 형과 형수도 동참이었다. 아버지 주검의 진실을 밝히고 나니 검시관의 운명이 실감이 났다.

—기왕 이렇게 된 거 최고의 검시관이 될게요.

—그래서 아버지처럼 주검의 이유가 묻힌 사람들이 없도록 할게요.

—그리고 고맙습니다.

—방성욱 선생님, 중국인 점성술사…….

묵념 속에 섞인 창하의 다짐이었다.

"아, 진짜… 사람 마음 모른다더니 그 인간……."

절이 끝나자 창길이 치를 떨었다.

"경찰 해먹으면서 온갖 나쁜 짓은 다 한 모양이더라고. 뇌물에 룸살롱 같은 데서 성 상납은 기본이고……."

"그런 인간이 결혼반지는 잘도 차고 다녔네?"

"밖에서는 온갖 비리를 자행하지만 남에게는 좋은 가정 꾸리고 있는 것처럼 보이고 싶었겠지. 공조직이 보수적이니까 그래야 승진도 잘될 테고."

"어우, 개자식."

"우리 아버지… 이제 편히 쉬시겠지?"

"그래. 네가 고생 많았다."

"검시관 되었으니 이 정도는 해야 하는 거 아니야?"

"그보다 기내에서 신문 봤는데 너 엄청나더라? 미궁 살인범 네가 잡은 거나 진배없던데? 국과수에 그렇게 인물이 없냐?"

"어허, 내가 능력자인 거지."

"아무튼 다행이긴 하다만……."

"나동광 말고 다른 친구분들 두 명도 아버지에게 채무가 있더라. 총 8천만 원인데 법정이자까지 합쳐서 돌려준다고 했대."

"그럼 1억 훨 넘겠네. 네가 고생했으니까 그걸로 차나 좋은 걸로 뽑아라."

"차는 형이 사주기로 했잖아?"

"하지만 1억이면 더 좋은 차 가능하잖아?"

"차는 그냥 형이 사줘. 돈은 둘이 나누자."

"그럼 그 돈은 네가 그냥 다 가져."

"안 돼. 아버지 유산이잖아? 무조건 반띵이야."

"창하야……."

창길의 콧등이 붉어졌다. 아버지를 죽게 한 범인을 잡아낸 동생. 그것만 해도 업어줄 정도로 대견한데 마음 씀씀이는 더 대견했다. 창길이 가만히 창하를 안았다.

"고생했다. 두루두루……."

창길의 손이 창하 등을 쓰다듬었다. 피로가 시원하게 씻겨가는 것 같았다.

이틀 후의 아침, 피경철이 창하 방으로 들어왔다.

"이 선생."

"어, 선생님."

배정된 부검 사건을 검토 중이던 창하가 고개를 들었다.

"뭐 하는 거야? 방송 인터뷰할 사람이 꽃단장 안 하고?"

피경철이 의자에 앉았다.

"꽃단장은요……."

"오늘도 부검 배정됐어?"

"예. 한 건입니다."

"그거 내가 할 테니까 휴식 좀 취해. 얼굴 팍 삭아서 나오면 곤란하잖아?"

"괜찮습니다. 신생아 부검이라 간단한 쪽이거든요."

"무슨 소리야? 소예나 선생도 방송 출연할 때는 그만한 배려 받았는데."

"소 선생님은 유명 인사 아닙니까? 게다가 법의탐적학이라 품격도 있는 일이고."

"초유의 범인 잡은 건? 그게 진짜 부검이야."

"선생님도……."

"소장님, 과장님은 뵈었나?"

"예. 출근하면서 들렀습니다."

"잔소리 쏟아놓지? 인터뷰할 때 국과수 긍정적으로 말해달라고."

"그래야 내년 신입 검시관 공채에 응시자들이 늘어난다면서요?"

"그건 맞아. 언젠가 검시관을 주인공으로 내세운 드라마가 대박쳤는데 그 해는 모집 정원 채웠어. 6개월 안에 절반 이상이 사표 내긴 했지만."

"……."

"그러니 그런 거 다 무시하고 소신껏 해."

"그럴까요?"

"아니면? 이제 이 선생이 우리 국과수 에이스야. 누가 뭐랄 건데?"

"에이스는 선생님이시죠. 저는 그 휘하일 뿐입니다."

"또 허튼소리."

"아무튼 고맙습니다."

창하가 답했다.

인터뷰.

당연히 미궁 살인에 관한 것이었다. 범인 검거의 비하인드 스토리가 궁금한 모양이었다. 대상자는 창하와 장혁, 그리고 채린이었다. 장소는 방송사가 국과수로 정해 버렸다. 어쩌면 부검실 안에서 진행될지도 몰랐다.

부검복을 챙긴 창하가 일어섰다. 우선순위는 언제나 부검이었다.

대기실에서 신생아 시신을 운구해 온 형사를 만났다.

사진 몇 장이 나왔다. 전통시장 화장실의 변기 속이다. 18세의 여학생이 신생아를 유기한 건이었다.

"골치 아픈 사건입니다."

형사가 말문을 열었다.

사건의 개요가 심금을 울렸다. 산모는 소녀 가장이었다. 학교를 중퇴하고 두 동생을 부양하며 산다. 알바할 때 고참이 술을 먹이고 성관계를 했다. 고참은 곧 그만두고 떠났고 그 후에야 임신 사실을 알았다. 임신중절 할 돈도 없고 겁도 나 배를 동여매고 버텼다. 아기를 낳았다. 고심 끝에 화장실에 버렸다.

체포하고 나니 그녀의 가정 형편이 눈에 밟혔다. 밑의 동생은 이제 중1이었고 막내는 초등학교 2학년이었다.

"숨을 안 쉬는 거 같아서요."

산모가 한 말은 그뿐이었다고 한다. 동생들 걱정하며 눈물만 흘리고 있다는 게 형사의 말이었다.

"가죠."

창하가 일어섰다. 부검대는 이미 레디 상태였다. 부검대 위에 놓인 신생아. 오늘따라 부검대가 황야처럼 삭막해 보였다.

신생아.

부검의 핵심은 단 한 가지다. 아이가 태어났을 당시 살아 있었는지, 아니면 죽어서 나왔는지가 쟁점이다. 사산아와 생산아의 구분은 형벌에서 천지 차이가 난다. 죽은 태아를 유기했다면, 산모는 사체유기죄가 성립하지 않는다. 태어날 때 죽어서 나온 아기는 법적으로 '아직 태어나지 않은 상태'로 보는 통설 때문이었다.

그러나 살아 있는 생산아를 버렸다면 문제가 다르다. 버리면 죽는다는 걸 인지하고 있었다면 사체유기에 더해 살인이 될 수 있었다.

외표를 체크하고 쇄골 부위에 메스를 댔다.

"……!"

열린 가슴을 보던 창하가 움찔 반응을 한다. 아기는 태변을 먹었다. 그로 인해 심장에 무리가 갔고 혈관에도 응고의 흔적이 보였다. 병원에 가지 않았으니 혼자 출산하느라 주의를 기울이지 못한 것이다. 이로 인한 사산이었을까? 애매하다.

찰칵!

카메라가 작동했다.

폐와 위장관을 들어냈다. 사산아와 생산아의 구분은 주로 부유 실험에 의한다. 비커에 담은 물이나 포르말린이면 끝이다.

아이가 살아서 태어났다면 폐가 물에 뜬다. 모체 밖에서 호흡을 하면 폐에 공기가 들어갔다는 것이고 그 공기 때문에 뜨는 원리를 이용한 것이다. 그러나 죽어서 나온 사산아의 폐는 그대로 가라앉는다. 호흡이 이루어지기 전에 사망한 신생아 폐의 특징으로, 출생 이후 팽창하지 않은 상태라 하여 원발무기폐로 불린다.

위장관 역시 같은 원리로 검사한다. 식도의 아래와 십이지장이 시작되는 부위를 묶은 후 소장과 대장까지 일정한 간격으로 묶어 띄워보는 것이다.

'흐음.'

비커에 6할쯤 채워진 물은 한없이 고요했다. 이제 이 물이 산모의 운명을 가르게 되어 있다. 뜨면 그대로 구속이고 가라앉으면 '석방될 수도' 있었다.

사연을 들은 광배와 원빈도 비커에 완전 집중, 형사의 눈도 거기 꽂혀 움직이지 않았다.

뜰 것인가, 가라앉을 것인가?

창하 손에 들린 폐가 비커 안으로 들어갔다.

제7장

에이스의 품격

가라앉아라!

원빈과 광배의 눈빛이었다. 이제는 두 사람의 눈빛만 봐도 마음을 읽을 수 있는 창하였다. 부모 없는 소녀 가장. 범죄에 가까운 취중 성관계로 인한 임신. 정부에서 생활비 지원금을 준다지만 그야말로 최소한의 복지. 그 와중에 한 남자의 성욕에 의해 임신을 해버린 것이다.

그녀가 사체유기죄를 받으면… 아니, 죽을 줄 알면서도 버린 것으로 살인의 죄까지 받아야 한다면 두 동생은 돌볼 사람조차 없어질 판이었다.

사락!

폐가 내려가기 시작했다. 비커의 바닥에 닿을 듯한 위치에서 멈췄다.

뜰까? 말까?

"무기폐네요."

모두가 숨을 죽일 때 창하가 폐를 건져냈다. 뒤를 이어 위장관도 입수가 되었다. 그 역시 제대로 뜨지 않았다. 창하는 별짓 하지 않았다. 단지 술식을 약간 비틀고 웨이팅 타임을 조금 줄였을 뿐.

'후아.'

원빈과 광배는 산모의 보호자라도 되는 듯 안도의 숨을 쉬었다. 어시스트들의 가슴 역시 뜨거운 심장이 뛰는 것이다.

"사산아를 낳은 게 맞군요?"

형사도 안도하는 표정이었다.

"태내에서 태변을 먹은 것 같네요. 그게 호흡을 막은 것 같습니다."

심장과 혈관 응고를 강조하는 창하.

"우와, 이렇게 간단할 줄이야……."

"간단해서 좋으시면… 제가 나설 일은 아니지만 임신시킨 남자 찾아서 불법의 여지가 있었는지 좀 확인해 주시면 좋겠네요. 미성년자에게 술이라뇨."

"그러죠. 그렇잖아도 부검 끝나면 수사해 볼 생각이었습니다."

형사의 표정을 기꺼웠다.

「사산아, 사망의 종류—병사」

부검의 결론이 나왔다.

시신이 인도되는 사이 창하 홀로 비커 앞으로 갔다. 다시 폐를 넣었다. 아까보다 조금 더 기다리니 폐가 떠올랐다. 산모의 아기, 완전한 사산은 아니었다. 태변 때문에 잠시 호흡이 막혔다. 그랬기에 폐 안에 약간의 공기가 있었다. 그로 인해 폐가 떠오르기 전에 창하가 건져냈던 것.

숨을 쉬지 않으니 죽은 줄 알고 유기한 것이다. 병원이었다면 응급조치로 살릴 가능성도 있었겠지만 어린 산모에게는 불가항력이었다.

"아후, 완전 조마조마했어요."

시신 인도를 끝내고 온 원빈은 한 번 더 안도했다.

"왜요?"

창하가 짐짓 물었다.

"딱하잖아요? 만약 폐가 떴더라면 어린 산모는 구속되고 두 동생은……."

"우 선생님이 기도로 가라앉힌 거 아닌가요? 제가 볼 때는 반반이었는데."

"그런 능력 있으면 좋겠습니다. 그럼 선생님 어시스트를 더 잘할 수 있을 테니."

"지금도 충분히 잘해주고 있어요."

"이제 그만 인터뷰 준비하세요. 방송국 차량 벌써 왔네요."

노련한 광배가 창하 등을 밀었다.

"이 선생님."

복도 끝에서 채린이 손을 흔들었다. 그녀는 오늘도 씩씩했다.

"저도 있습니다."

장혁은 장난기를 발동하며 튀어나왔다. 아버지 사건을 도운 이후로 부쩍 친해진 그였다.

"박상도 상태는요?"

채린에게 물었다. 그는 여전히 경찰병원에 입원 중이었다.

"점점 더 안 좋아진다고 해요. 어쩌면 곧 숨이 멈출지도 모르겠다고……."

"예."

박상도는 바이털사인조차 불규칙하다고 했다. 게다가 몸은 점점 고사되는 상황이었다.

「白澤用枯死」

백택으로 고사한다.

은빛 타자기가 예지한 말처럼 가고 있는 것이다.

"다른 범인들 단서는요?"

"없어요."

"모방범죄는 어때요?"

"박상도 잡으니까 싹 자취를 감췄어요. 심장이 발견됐다는 신고는 있었는데 가보니 돼지 심장으로 판명 났고요."

"수사는 계속 진행되는 거죠?"

"규모는 줄었지만 긴장의 끈은 놓지 않고 있어요."

대화 중에 방송국 팀이 다가왔다.

"이야, 미궁 살인마 검거의 특등 공신 3인방이 다 모이셨군요.

기왕이면 부검실에서 시작하면 어떨까요? 소장님 허가는 얻었는데……."

기자가 넉살을 떨었다. 별수 없이 부검실로 이동하게 되었다. 저만치에서 지켜보던 원빈이 엄지를 세워주며 파이팅을 외쳤다.

창하는 새 부검복을 입었다. 기자의 요청이었다. 장혁과 채린의 질문이 끝나니 창하 차례가 되었다.

"범인의 DNA와 신장, 왼손잡이라는 특징, 심지어는 범인 발견까지 혁혁한 공을 세우신 국과수 이창하 검시관님."

진행자의 멘트가 시작되자 카메라가 가까워졌다.

"미궁 살인 희생자의 부검, 바로 이 부검대였죠? 그때 기분이 어땠습니까?"

"두 가지만 생각했습니다. 모든 접촉은 흔적을 남기고, 시신은 온몸으로 말한다는 부검 원칙."

"범인이 철사장 같은 괴력을 썼다는 주장 말입니다. 처음에는 논란도 많았다면서요?"

"예."

"저희도 범인이 수도로 뚫었다는 마네킹을 보았지만 믿기지 않더군요. 어떻게 도출한 결과입니까?"

"처음에는 특별한 흉기를 생각했는데 인간의 손이야말로 가장 특별한 도구가 될 수 있으니까요. 셜록 홈즈의 말처럼 불가능한 요소를 모두 없애고 나면 아무리 믿을 수 없는 것이 남더라도 그게 진실인 것인데, 베테랑 선배님들의 지지가 큰 도움이 되었습니다."

고참들을 위한 서비스 멘트를 슬쩍 끼워주는 창하.

"검시관님께서 국민들에게 희망을 주었습니다. 저희가 알아보니 사표를 내는 검시관들이 많던데 어떻습니까? 평생 근무하실 겁니까?"

"산 사람 병의 원인을 알아내고 치료하는 의사만이 명의가 아닙니다. 죽은 사람의 사인을 알아내는 검시관은 망자의 명의죠. 천직으로 알고 최선을 다할 생각입니다."

"대단하시군요. 국민 검시관, 국과수의 에이스 등의 호칭이 붙었었던데 괜한 게 아닌 것 같습니다."

"과분한 호칭입니다. 국과수에는 훌륭한 선배님들이 많이 계십니다. 그런 호칭은 그런 분들에게 어울리는 거라고 생각합니다."

"국과수 검시관들 처우가 열악하다는 게 국민적 공감대를 사는 것 같은데 이 자리에서 대통령께 의견 한 말씀 하시지요. 청와대에서도 이 프로그램을 보고 있을 테니까요."

"부검은 부검의 혼자 하는 게 아닙니다. 결과가 나올 때까지 많은 부서의 협력이 필요하지요. 그런데 그걸 지원하는 분들은 저희보다도 관심을 받지 못하더군요. 그런 분들에게 더 많은 관심과 지원이 따르면 고맙겠습니다."

짝짝!

카메라 앵글 밖에 있던 채린과 장혁이 박수를 날렸다. 검시관들 보다 지원 부서를 앞세우므로 한 번 더 빛나는 창하였다.

"대통령께서도 들었을 줄 믿습니다. 이번 검시관님의 활약으로 검시관을 꿈꾸는 어린이들이 많아졌다던데 검시관의 덕목이

자 주 무기는 무엇입니까?"

"과학이 발달하고 장비가 좋아졌다지만 검시관에게 있어 최고의 주 무기는 눈과 머리, 그리고 메스입니다. 과학적 뒷받침은 그다음이죠."

마무리도 명쾌했다. 제3의 범인에 대한 언급은 나오지 않았다. 장혁과 채린도 언급하지 않으니 창하도 침묵하는 수밖에 없었다.

"수고했어."

인터뷰가 끝나자 소장 이하 백 과장과 검시관들이 와서 축하를 해주었다. 일부는 호의적이고 또 일부는 형식적인 인사다. 개의치 않았다.

어쨌거나 창하는 이 방송으로 국과수 대표 검시관의 인증을 받았다.

—국과수 에이스.

—부검의 신.

—신의 촉을 가진 검시관.

방송 이후에 따라붙은 타이틀이었으니 이날 실시간 검색어 1위는 '이창하 검시관'이었다.

그다음 주, 피경철이 핏대를 올리며 창하 방으로 들어섰다.

"이 선생."

"어, 선생님."

미궁 살인 부검 자료를 검토하던 창하가 일어섰다.

"자네, 왜 그래?"

의자에 몸은 던지며 목소리를 높인다.

"뭐가 잘못됐습니까?"

소파 앞에서 창하가 물었다.

"부검 말이야, 요 며칠 계속 최고 난이도만 배정된 거 맞아?"

"최고 난이도요?"

"화양경찰서 건과 신길경찰서 건."

"아, 그 부검요?"

"오늘은 화상 사망 유아 시신과 탄저 치료받다 사망한 우체국 직원 시신?"

탄저.

그 단어에 힘이 들어갔다. 탄저 사건이 터진 건 방송 출연 다음 날이었다. 국제우편물에 탄저균 흰 가루가 섞여 온 것이다. 탄저균의 내성균 포자 가루가 든 우편물은 대기업 부회장의 집으로 배달이 되었다. 그걸 연 가정부가 감염이 되었다.

다행히 가정부는 치료가 되었다. 탄저는 가공스럽지만 감염 초기라면 항생제 치료가 가능하기 때문이었다. 역학조사를 하다 보니 우체국 직원이 나왔다. 우편물 분류 담당이었다. 그는 병원에서 숨을 거둔 후였다. 원래 폐가 좋지 않던 그는 병원에 가는 시기가 늦었다. 탄저의 초기증상은 감기, 몸살과 유사하다. 병가를 내고 싶었지만 동료의 연가로 일손이 부족해 무리를 했던 것.

때늦게 탄저 진단을 받고 격리 치료를 했지만 너무 늦었다. 국과수로 오는 이유는 진단 때문이었다. 부처에서 발표한 진단은 급성폐렴으로 인한 사망이었다. 유족의 반발이 나왔다. 탄저라면 공무 중의 사망으로 순직이 인정되지만 급성폐렴이 되면 개인 질환으로 분류되어 순직이 인정되지 않는다는 통보를 받은 것이다.

"그게 무슨 문제가 되나요?"

창하는 여유가 넘쳤다.

"몰라서 묻나? 탄저 시신을 왜 이 선생이 맡아?"

"화상 유아는 그렇지만 탄저는 다들 기피하는 것 같기에 제가 자원했습니다."

"이 선생."

"그러는 선배님은 왜 HIV 앓던 시신을 찜하셨어요?"

HIV.

에이즈로 불린다. 부검의라고 달가울 리 없는 질환. 그걸 자처한 피경철이었다. 우직하게도 오직 부검의 길을 걸어온 피경철. 타협을 모르기에 징계도 많았고 승진도 매번 늦었다. 정년이 코앞이지만 의대의 교수 자리 알아볼 생각도 없다. 오직 부검만이 천직인 사람이었다.

"그럼 그것까지 이 선생에게 안겨줄까?"

"선배님이 밀어주시면 땡큐 하고 받겠습니다."

"……?"

흥분하던 피경철은 말문이 막혔다. 묘한 설득력이 묻어 있는 말이었다.

"제가 아직 경험 부족이라 다양하게 경험하면 좋잖아요. 난도가 높은 만큼 실력도 늘 테고요."

"이 선생……."

"그럼 저 먼저 부검실로 갑니다. 담당 형사가 도착했다네요."

"……."

피경철은 할 말이 없었다. 미궁 살인이라는 어마어마한 산을 넘은 창하. 그게 고스란히 내공으로 쌓여가고 있었다.

유아와 탄저 환자.

유아는 몰라도 탄저는 창하의 자원이 맞았다. 사실은 HIV까지도 다 맡고 싶었다. 하지만 그건 피경철이 선점했기에 포기했던 것.

면역 실드…….

복도를 걸으며 그 단어를 곱씹었다. 방성욱이 부여한 선물의 하나다. 각종 감염병으로부터 안전을 지켜주겠다던 말을 확인하고 싶었다. 다른 약속들은 전부 다 지켜졌으므로.

"선생님."

대기실 문을 열자 형사가 일어섰다. 창하는 이미 경찰서의 강력 팀이나 형사 팀, 수사 팀 등에 유명 인사가 되어 있었다.

"세 살 여자아이네요?"

부검 의뢰서부터 집어 들었다.

"예, 뜨거운 욕조에 빠져서 화상으로……."

형사가 관련 서류를 내밀었다. 사진과 의사의 진단서였다.

「scalding burn」

한국말로 하면 열탕화상이었다.

열탕화상은 흔한 화상이다. 뜨거운 찌개와 국물을 다루는 식생활 덕분이다. 화상 환자 중 절반에 육박할 정도다. 특히 어린이 화상의 경우에는 80% 가까운 비중을 보인다.

뜨거운 온수에 접촉되면 물의 열에 의해 표피와 진피가 손상되고 세포까지 괴사하는 열탕화상. 사진 속의 아이는 붉은 소매의 옷을 걸친 듯 전신 화상을 입고 있었다.

"엄마가 이혼하고 얼마 전에 재혼한 가정인데 남편이 실직해 아이를 돌보고 엄마는 가게를 한다네요. 남편이 욕조에 물을 받아놓고 놀게 했는데 아이가 수도꼭지를 만져서 뜨거운 물이 나왔나 봐요. 간식을 만들던 남편이 아이 울음소리가 커져서 알게 되었다고 합니다."

"일주일 정도 화상치료를 받았군요?"

"예. 하지만 회복하지 못하고……."

"살인으로 보는 건가요?"

"엄마는 아이가 호기심이 많아서 전에도 이런 일이 있었다며 그럴 리 없다고 하는데 이웃집 할머니가 이상한 말을 해서 엄마를 설득했습니다."

"이상하다면?"

"남편은 아이를 잘 돌본다고 하는데 할머니 말은 어린이집에서 돌아오면 우는 시간이 많았다고 하더군요."

"일단 한번 보죠."

창하가 일어섰다.

"선생님!"

원빈과 광배가 창하를 맞았다. 어린 시신은 이미 부검대 위에 놓여 있었다. 시신은 진달래꽃 옷을 입혀놓은 듯 붉은 모습이었다. 전신 2—3도 화상이 70% 이상. 아이에겐 치명적일 수밖에 없었다.

탁!

원빈이 자동으로 불을 껐다.

"다시 한번요."

창하가 청하자 불은, 들어왔다가 다시 꺼졌다. 빛과 어둠의 교차 속에서 창하는 시신의 사인을 받았다. 이 아이는 욕조 물이 뜨거워져서 다친 아이가 아니었다. 누군가 외력을 작용해 빠뜨렸다. 어느새 방성욱의 경험치를 다 본인 것으로 만든 창하. 외표만으로 시신의 정황을 읽어낸 것이다.

—살인이에요.

—내가 온수를 건드린 게 아니에요.

시신에 남은 흔적을 창하가 놓칠 리 없었다.

살인.

창하 머릿속에 들어온 단어였다.

*　　　*　　　*

살인?

형사와 아이 엄마의 표정이 굳었다. 아이 몸에 화상 흉터가 선명하기는 해도 살인은 생각지 않은 형사였다. 다만 이웃 할머니가 문제를 제기하니 민원을 고려해 추진한 것뿐이었다.

그러나 부검의가 창하였다. 미궁 살인범으로 인해 국과수의 에이스로 불리는 이창하. 그가 선언한 것이니 반론의 엄두가 나지 않은 것이다.

"어째서죠? 치료 의사도 그런 말은 없던데요."

엄마가 물었다.

"화상 부위를 보세요. 그게 열쇠입니다."

창하가 시신을 가리켰다.

시신의 색깔은 두 구역으로 나뉘어 있었다. 화상으로 인해 붉은 발적이 일어난 곳과 그렇지 않은 곳. 몸통은 발적이지만 얼굴과 손 부분은 멀쩡한 것이다. 거기에 더불어 발. 발목 쪽은 발적이 심하지 않았다.

"그거야 아이가 뜨거운 물에 빠져 있었으니까… 이 아이가 물을 좋아한다고 했죠?"

형사가 엄마를 돌아보았다.

끄덕.

엄마는 고갯짓으로 답을 대신했다.

"아이들은 물을 좋아하죠. 하지만 뜨거운 물은 좋아하지 않습니다."

"그러니까 물이 뜨거워서 발을 들었다 놨다 한 거 아닐까요?"

"그럴 거면 욕조에서 나왔어야죠. 아이 얼굴과 손이 멀쩡한 것으로 보아 욕조 물은 그리 깊지 않았습니다."

"……"

"여기가 포인트입니다."

창하가 아이의 두 팔을 펼쳐놓았다. 아이 겨드랑이가 고스란히 드러났다.

"어?"

형사 눈이 휘둥그레졌다. 그곳에는 화상이 거의 없었다.

"그리고 여기요."

이번에는 무릎이다. 바깥쪽과 달리 안쪽의 화상 역시 보이지 않았다.

"마지막은……."

창하의 손이 시신의 발을 짚었다. 발목 위와 아래가 차이가 났다. 발목 부근 아래쪽의 화상이 약한 것이다.

"선생님."

엄마가 울먹거렸다. 뭐가 뭔지 감을 잡을 수 없는 것이다.

"우 선생님, 작은 마네킹 하나 가져오시겠어요?"

창하가 지시를 내렸다. 마네킹이 오자 부검대에 딸린 개수대에 물을 받았다. 물이 차자 창하가 마네킹을 집어 들었다. 마네킹의 두 손은 가지런히 모아 왼손으로 잡고 발 역시 잘 모아 오른손으로 잡았다.

"이런 자세입니다. 이대로 물에 넣었다 꺼내면……."

창하가 시범을 보였다. 마네킹을 물에 담근 것이다.

"물이 뜨거우면 아이들은 움츠립니다. 뜨거울수록 죽기 살기로 움츠리겠죠. 겨드랑이에 화상이 없는 건 그런 이유입니다. 잔뜩 웅크려 몸에 달라붙었기 때문이죠. 무릎 역시 마찬가지입니다."

"그럼 발은요? 선생님 말대로라면 발에도 화상이 없어야 하지 않습니까? 하지만 약한 화상이 있어요."

"발은 이거죠."

형사 말을 들은 창하, 마네킹을 개수대 물속에 세워놓았다.

"마지막에 잠시 욕조에 세워놓은 겁니다."

"……!"

"지능적인 체벌입니다. 어머니 말씀이 더러 이런 일이 있었다고 했죠?"

"예… 가끔……."

"8개월 전에 재혼하셨다고요?"

"네……."

"그전에는 이런 일이 없었을 겁니다."

"그럼 아이 새아빠가?"

엄마가 소스라쳤다.

"어쩌면 종종 이런 체벌을 했을 겁니다. 열탕은 생각보다 위험합니다. 55도에서는 20초 만에 화상을 입고 70도에서는 고작 1초입니다. 어린아이들은 피부가 약하니 더 심각해지죠. 익숙해지다 보니 이번에는 좀 더 뜨거운 온도로 체벌을 한 것 같습니다."

"맙소사… 남편은 지금 밖의 차에서 울먹이고 있는데……."

"……."

"이제 보니 이 인간… 그놈의 게임에 정신이 팔려서… 이제 알 것 같네요. 가끔 보면 애가 새아빠 앞에서 기를 못 폈거든요. 저는 새아빠라 그런가 보다 했는데 처음에는 그런 일 없었거든요. 무엇보다 애가 그 인간을 잘 따라서 재혼 결심한 거고, 그래서 직장 때려치우고 게임이나 하고 자빠져도 군말 안 했던 건데……."

"……."

"이 인간, 이 인간이 우리 현아를……."

엄마가 부검실 밖으로 뛰었다.

"따라가 보셔야겠네요."

창하가 형사를 바라보았다.

밖으로 나온 엄마는 주차장으로 달렸다.

"어, 여보, 부검 끝났어?"

보닛에 기대 핸드폰 게임을 하던 남편이 반색을 했다. 엄마가 핸드폰을 낚아챘다. 게임 중이었다.

짝!

따귀부터 갈겼다.

"여보……."

영문을 모르는 남편이 고개를 들었다. 그 얼굴에 핸드폰이 날아왔다.

"이 나쁜 새끼… 네가 그랬어? 네가 우리 현아를 뜨거운 물에 집어넣은 거야?"

"……?"

"이 개자식, 하루 종일 처먹고 놀면서 애 몇 시간 보는 게 그렇게 싫었어? 그래서 애를 쥐 잡듯이 잡느라고 뜨거운 물에 빠뜨린 거야? 손이나 물건으로 때리면 내가 눈치챌까 봐?"

"에이, 씨……."

산통 깨진 남편, 아내를 밀치고 운전석으로 뛰었다. 하지만.

철컥!

남편 손에 닿은 건 차 키가 아니라 수갑이었다.

"부검 종료합니다."

형사와 엄마가 돌아오자 창하가 말했다. 절개는 하지 않았다. 아이를 위해서도 엄마를 위해서도 그게 좋을 것 같았다. 화상을 다투는 부검이니 팩트만 찌르면 되는 것이다.

걸린 시간은 8분.

8분 만에 팩트를 잡아낸 창하였다.

지잉.

무균 부검실 문이 열렸다. 먼저 들어간 피경철이 나오고 있었다. HIV 시신의 부검이 끝난 모양이었다. 창하가 손가락으로 동그라미를 그려 보였다. 피경철은 엄지를 세우며 화답했다.

안쪽 정리가 되려면 10여 분을 기다려야 했다. 원빈과 광배는 다소 긴장한 표정이었다.

"천 선생님."

광배를 불렀다.

"예, 선생님."

"긴장되세요?"

"예? 아니……."

광배가 고개를 저었다.

"혹시 컨디션 안 좋거나 하시면 빠지세요. 부검은 저 혼자 해도 가능합니다."

"선생님."

"탄저 아시잖아요? 인간 숙주에 침범하면 초고속 감염력을 갖습니다. 치명적인 독소에 입술이나 눈의 점막에 닿아도 위험하고요."

"……."

광배의 눈자위가 구겨진다.

창하가 하는 말은 팩트였다. 임상병리학을 전공하고 미생물학 석사를 받은 광배가 모를 리 없다. 탄저는 내성포자 형태로 10년 이상 동면이 가능한 균이었다. 그 포자가 호흡기로 들어오면 최악으로 불리는 흡입성 탄저가 발생한다. 감염 직후에 치료를 받지 않으면 돌이킬 수 없는 파국에 이른다. 일단 감염이 확정되면 독성이 높아 치료가 어렵다. 우체국 직원이 절명으로 간 것도 그런 코스로 보였다.

"무균 부검실이잖습니까?"

광배가 위로의 말을 던진다.

"그래도 컨디션 안 좋으면 빠지는 게 좋습니다. 우 선생님도요."

원빈에게도 선택권을 주었다. 같이 일한다고 해서 몸 상태까지 다 알 수는 없는 까닭이었다.

"그러는 선생님은요?"

원빈의 반론이 나왔다. 그것으로 그들의 선택은 자명해졌다.

고마웠다.

이 경험 역시 방성욱의 것이었다. 그는 수많은 탄저 시신을 다뤄보았다. 그러나 처음에는, 부검실에 혼자 있는 경우가 많았다. 겁을 먹은 어시스트들이 이런저런 핑계로 부검 보조를 거부한 것이다. 어시스트들이 합류한 것은 서너 케이스가 지난 후였다. 방성욱이 무사하자 그들도 마음을 바꾸게 된 것.

음압 유지가 되는 국과수 부검실.

에볼라도 문제없다. 메르스와 탄저도 걱정하지 않아도 된다. 의학적으로 밝혀진 병원균에 대해서는 완벽한 대비를 갖춘 곳. 그러나 세상에 완벽은 없다. 모든 과정을 조심하지 않으면 감염될 수 있는 것이다.

어시스트들이 공기정화기가 달린 특별한 마스크를 착용함으로써 부검 준비가 끝났다. 참관실에는 유족과 부처 관계자, 형사가 입회해 화면을 통해 부검 광경을 보기로 합의가 되었다.

"10시 15분, 부검 시작합니다."

창하의 시작 선언이 나왔다. 병원에서 사망한 시신이니 외표에는 유의할 사항이 없었다. 게다가 쟁점 사항도 살인이 아니라 사망의 원인. 폐렴이냐 탄저병이냐를 정해야 하는 부검이었다.

외표를 살피고 메스를 들었다. 언제나처럼 창하의 메스는 스릉, 은빛 섬광을 튕겨냈다. 그 메스를 쇄골 쪽에 대고 단숨에 내려갔다. 우체국 직원의 가슴이 드러났다.

'흡입성 탄저 감염……'

방성욱의 경험치가 갈 길을 알려주었다. 그의 파일에 든 탄저 부검 사례를 공부한 것이다. 여러 사례의 부검 사진이었으니 망망한 바다에서도 내비게이션처럼 든든했다.

「종격막」

창하는 첫 목적지를 제대로 짚었다. 종격막은 흡입성 탄저에서 빼놓을 수 없는 체크 부위였다. 출혈 여부를 확인해야 하는 것이다. 안쪽으로 깊어지는 흉곽을 집중했다. 좌우 폐의 틈새와 심낭 안에 들어찬 피는 선홍색이었다. 림프를 타고 돌던 탄저균이 림프절 부근에서 고여 버린 것이다.

그러나 약했다.

방성욱의 사례에서 본 흡입성 탄저 사망자들은 이 부분이 빵빵했다. 이 직원은 폐가 약했기 때문에 거기까지 가기 전에 사망한 것이다.

폐를 꺼냈다. 지병이 암시하듯 폐는 건강하지 않았다. 다른 사람보다 작고 탄력도 없는 데다 검게 괴사된 부분들도 엿보였다. 절개에 들어갔다. 폐 안에는 부글거리는 거품과 함께 핏물 배인 액체가 확인되었다. 기도를 중심으로 괴사 현상도 체크했다. 폐를 통한 감염의 인증이었다.

찰칵, 찰칵!

하나하나의 증거마다 카메라에 인증 숏을 새겨놓았다.

이제 창하는 머리로 올라갔다. 오늘 두개골 오픈은 원빈이 맡았다. 뇌는 문제가 없었다. 치료약의 개가였다. 탄저 치료제로 탄저균을 막은 것이다. 그러나 이미 작용된 독성이 문제였다.

'이틀 혹은…….'

폐가 건강했더라면…….

창하의 아쉬움이었다. 이틀만 먼저 병원에 갔더라면, 혹은 폐가 이 지경이 아니었더라면…….

이 사람은 탄저의 희생양이 되지 않을 수도 있었다. 그러나 가정이다. 창하가 내놓아야 하는 건 가정이 아니라 합리적인 부검 결과였다.

「사망원인 탄저병」

결론은 어렵지 않았다. 하지만 그 선행 원인이 창하를 주저하게 만들었다.

「선행 원인 폐질환」

직접 사인은 탄저병이지만 탄저의 원인은 폐질환일 수 있는 까닭이었다.

한 부검에서 사망원인이 여럿일 때를 가리켜 사망원인의 경합이라고 한다. 두 개 이상의 사망원인이 나오면 집합으로 부른다. 경합의 예를 들면 심장과 머리가 동시에 손상을 받았을 경우가 이에 속한다. 우선순위를 정하기 쉽지 않다. 하지만 엄격히 말하자면 사망원인의 경합이란 말장난에 불과했다. 이유를 불문하고 사망원인은 하나여야 했다.

우체국 직원의 사망에 직접적인 건 당연히 탄저균이었다. 다른 균에 감염된 거라면 이 사람은 죽지 않았다. 그러나 탄저 치료 시기를 놓친 건 근무조건 때문이었다. 만약 동료가 연가를 가지 않았다면, 대체인력이 충분했다면 탄저를 치료할 수 있었다.

이 논리의 반대편은 부처 쪽이었다. 탄저균에 감염된 건 사실이지만 사망자가 치료를 게을리했다는 주장이다. 이 논리가 개입된 건 치료 시기 때문이었다.

이틀.

이틀 정도만 일찍 병원에 갔더라면 치료가 될 수도 있었던 직원. 의사들 입에서 이런 말이 나오지 않았을 리 없으니 전적으로 부처 책임으로 할 수 없다고 나온 것이다.

"……."

부검을 끝낸 창하가 참관실을 돌아보았다. 유리문 너머로 사람들이 보였다. 처음보다 많았다. 권우재와 소예나에 지한세까지 보고 있는 것이다.

그들도 탄저 부검은 처음이었다. 그렇기에 직접 메스를 들지는 않았어도 부검을 지켜보러 나온 것.

탄저 6 VS 폐질환 4

탄저 5 VS 폐질환 5

머릿속에서 사망의 비중이 저울질되었지만 바로 지워 버렸다.

「사망의 원인—탄저병, 사망의 종류—병사」

창하는 우체국 직원의 손을 들어주었다. 부검은 사인을 밝히는 일이다. 그 사인은 죽은 자의 목소리다. 이번 부검만은 그 목소리가 이렇게 들렸다.

"아이고, 고맙습니다."

참관실로 나와 견해를 밝히니 직원의 노모가 울음을 터뜨렸다.

"아니, 어째서 그런 겁니까? 의사들 말로는 심각한 폐질환이 선행 원인이라고 하던데?"

부처 직원이 태클을 걸었다.

창하가 부검 사진을 띄워놓았다.

"이거 보이시죠. 종격막이라고 흡입성 탄저 감염의 지표입니다. 출혈로 심낭과 폐 사이에 선홍색 피가 고여 있죠? 탄저균 덩어리입니다. 미국의 사례를 보시겠습니까?"

이번에는 창하의 자료였다. 볼륨이 더 빵빵하기는 하지만 거의 같은 그림이었다.

"아, 그럼 대학병원 의사들이 한 말은 뭐라는 겁니까?"

"그러시면 직접 한번 보시겠습니까? 직접 보면 느낌이 다를 겁니다."

"탄, 탄저균에 감염된 시신을 직접 보라고요?"

"무균실이라 괜찮습니다만."

"아, 아닙니다. 알겠습니다."

부처 직원이 손사래를 치며 물러났다.

"이 선생."

외부 참관인들이 나가자 권우재가 다가왔다.

"예, 선생님."

"부검 술식… 오늘도 기막히더군. 그런데 조직검사 샘플을 따지 않는 것 같던데? 내가 알기로는 조직검사로 활동성 균의 잔존 여부를 확인해야 끝나는 거로 아는데……."

"알고 있습니다."

"그런데 왜? 미스였나?"

"만약 뇌에서 출혈성 수막염이 나왔다면 조직검사를 냈을 겁니다. 하지만 그게 없으니 조직검사는 생략해도 되는 거죠."

"그러다 만에 하나 조직에 생균이 있으면?"

"우려가 되시면 다른 걸로 증명해 드릴까요?"

"다른 거?"

"잠깐만 기다리십시오."

창하가 돌아섰다. 그길로 무균실로 입실했다. 안에는 아직 우체국 직원의 시신이 있었다. 원빈과 광배가 단장 중인 시신 앞에 선 창하, 권우재를 돌아보더니 특수 마스크를 벗어버렸다.

"저… 저……."

권우재가 경악을 했다. 그때까지 남았던 소예나도 마찬가지였다. 감염되면 치명적인 탄저균. 그 균에 감염되어 사망한 시신 앞에서 마스크를 벗는 건 자살행위와 다르지 않기 때문이었다.

"선생님."

원빈과 광배도 놀란 눈빛을 감추지 못했다.

"초강력 치료제로 치료가 끝난 탄저균이에요. 게다가 여긴 무균실, 이중으로 안전하니 감염 걱정은 하지 않아도 돼요."

창하가 웃었다. 원빈이 돌아보니 권우재와 지한세가 보였다. 그렇잖아도 은근 창하를 시기하는 권우재와 꼰대들…….

"……?"

부검실을 바라보던 권우재는 한 번 더 까무러쳤다. 이번에는 원빈도 마스크를 벗은 것이다. 광배도 그 뒤를 따랐다. 세 사람은 일반 마스크만을 착용하고 시신을 수습해 나갔다.

"제 코, 면봉 테스트 한번 해보시렵니까?"

참관실로 나온 창하가 콧구멍을 넓혀 보였다. 면봉 테스트는 탄저 감염 여부를 알아보는 검사법의 하나였다.

"어어, 가까이 오지 마."

놀란 권우재가 혼비백산 뒷걸음질을 쳤다.

"키득!"

원빈과 광배는 웃음을 참느라 배를 움켜쥐어야 했다.

제8장

불타는 케미

"선생님, 진짜 사이다였습니다."

연관 샘플 검사를 맡기고 온 원빈은 좋아 어쩔 줄을 몰랐다.

"권 선생님 들으면 어쩌시려고요?"

"들으라죠 뭐. 자기들은 몸 사리면서 잔소리나 늘어놓고……."

"마스크 벗을 때 겁 안 났습니까?"

창하가 물었다.

"선생님이 계신데 왜 겁이 납니까?"

"탄저잖아요?"

"치료가 먹힌 환자에, 무균실, 거기에 신뢰성 100%의 선생님이 내린 판단이잖아요? 게다가 선생님이 먼저 특수 마스크를 벗었으니 당연히 따라야죠."

"고맙습니다."

"다들 왜 선생님 씹으려 하는지 모르겠어요. 누가 부검 잘하면 서로 좋은 거 아닌가요?"

"그러게요."

"앞으로도 권 선생님하고 지 선생님은 조심하세요. 과장님도 은근 책임 전가 잘하시니까 참고하시고요."

"지 선생님은 왜요?"

"그분 굉장히 조용하시지만 사실 안 좋은 소문 있거든요."

"무슨?"

"전에 지 선생님 어시스트로 들어갔던 분이 제 사수셨거든요. 그런데 부검할 때 빠뜨린 것 같은 부분이 있어서 의견 제시하다가 호되게 당하고 잘렸어요. 네가 부검의냐고……."

"왜요? 국과수 직원들은 공무원이니까 신분이 보장되는 거 아닌가요?"

"그거야 말이 그렇죠. 위에서 대놓고 쪼면 나가지 않고 못 배겨요."

"지 선생님은 뜻밖이네요. 특별한 문제가 있었을 것 같은데 아세요?"

"자세히는 몰라요. 사수가 그 정도 언질만 하고 퇴직했기 때문에……."

"국과수도 사람 사는 곳이군요?"

"예?"

"시신 부검하시는 분들이라 강철의 사명감으로 똘똘 뭉친 줄 알았어요. 그런데 여기도 정치와 밀당이 있으니 나쁘지 않네요."

창하가 여유를 보였다.

"선생님."

"사람 사는 냄새잖아요? 선생님 조언은 잘 참고하겠습니다."

창하가 마무리를 했다. 그렇잖아도 이런저런 눈치로 감을 잡던 판이었다. 그즈음에 소장이 문을 열고 들어섰다.

"소장님."

"탄저 부검을 이 선생이 했다고?"

그가 의자에 앉자 원빈은 인사를 하고 나갔다.

"좋은 경험이 될 것 같아서 제가 자원했습니다."

"음압 부검실 안에서 마스크를 벗었다고?"

"……."

창하가 고개를 들었다. 벌써 소장 귀에 들어갔다. 알고 보면 국과수도 좁은 물이었다.

"제가 좀 멀찌감치 떨어질까요?"

"아닐세. 전에 미국에서 탄저 부검 강좌를 들은 적 있는데 치료가 잘된 탄저 환자 시신은 감염의 우려가 없다고 배웠네. 그래도 안전이 최고니까 다음부터는 원칙을 준수하시게."

"예……."

"나도 봤어야 하는데 경찰청에 들어갔다 오느라 말일세."

"……."

"좋은 소식이 있네."

"좋은 소식요?"

"경찰청에 총리실장께서 오셨더군. 이번 미궁 살인범 검거에 공이 큰 실무자들을 총리관저로 초청해 만찬으로 위로하겠다고 하더군."

'총리실?'

"대통령께서 고려 중이었는데 순방 계획이 있어서 미루신 모양이야. 나하고 백 과장이 가기로 했고 이 선생에게는 따로 연락이 올 걸세."

"예……."

"이 선생이 우리 국과수 실질 대표 격이니 총리께서 애로 사항을 물을지도 모르네. 기회가 오면 부검의들의 현황과 애로를 좀 잘 전달해 주게."

"예……."

"그럼 수고하시게."

소장이 일어섰다.

총리의 위로 만찬.

공무원들에게는 굉장한 배려에 속했다. 동시에 한편으로는 우려도 생겼다. 미궁 살인, 박상도 체포 후로 잠잠해지면서 단독 범행 쪽으로 기울고 있는 것이다.

착잡한 마음일 때 총리실장의 전화가 걸려왔다.

—총리의 특명입니다. 다른 사람은 몰라도 이창하 선생은 꼭 와주기를 바라고 계십니다.

실장은 정중했다. 창하 역시 공무원 신분이니 직급으로 따지면 차관급이라 하늘 같은 분. 그럼에도 예를 갖춰주니 고마울 뿐이었다.

—아, 총리께서 말씀하시길 범인 단서를 찾는 데 함께 기여한 분이 있으면 같이 초청하라고 하셨습니다. 이름을 말해주시면 초청 공문에 병기해서 보내 드리겠습니다.

“인원 제한이 있나요?”

—뭐 그런 것은 아닙니다만…….

“그러시면 이분들 이름을 좀 넣어주시기 바랍니다.”

피경철, 천광배, 우원빈.

창하가 호명한 사람은 셋이었다.

—셋입니까?

“예, 그분들이 없었다면 단서를 찾기는 어려웠을 겁니다.”

창하가 답했다. 그건 과장이 아니었다. 피경철로 말하자면 창하에게 미궁 살인의 희생자 부검을 맡긴 사람이었고 원빈과 광배는 성심껏 자기 역할을 한 사람이었다.

—알겠습니다. 세 분 직급까지 불러주시면 초청자 명단에 등재해 드리죠.

실장이 물으니 답했다.

딸깍!

통화가 끝났다.

한 시간쯤 지나자 광배와 원빈이 헐레벌떡 창하 방으로 달려왔다.

“이 선생님.”

둘의 표정은 붕어빵이었다. 속내를 알고 있지만 모른 척 물었다.

“무슨 일이죠?”

“공문, 총리실 공문 보셨습니까?”

“총리실요? 아직 못 봤는데요?”

“보세요. 방금 과에서 가져온 겁니다.”

광배가 초청 공문을 내밀며 말을 이어놓았다.

"미궁 살인마 검거에 공을 세운 사람들 초청해 위로 만찬을 베푼다는데 소장님에 과장님, 그리고 선생님과 피 선생님 이름이 있습니다. 게다가 저희 둘도……."

"와, 잘됐네요."

"선생님, 자수하세요."

"예?"

"이거 선생님 작품이죠? 그렇지 않고서야 저희 같은 어시스트들이 이런 자리에 초청될 리가 없거든요."

"두 분이 어때서요?"

창하가 정색을 하며 물었다.

"선생님… 저희는 의사도 아니고……."

"그럼 부검의들은요? 두 분이 안 계시면 혼자 부검할 수 있습니까? 두 건만 하면 날이 저물걸요?"

"선생님……."

"까놓고 말해서 부검실에서 제일 고생하시는 분들이잖아요? 총리 비서실장님이 저한테 누가 제일 고생했냐고 묻길래 두말없이 두 분 이름 찍었습니다."

"선생님……."

"그런데 어깨가 그게 뭐예요? 쫙 펴고 얼굴 단장도 좀 하세요. 이번 기회에 두 분의 존재도 알리셔야죠."

"하지만 우리 같은 게……."

"어허, 우리는 원 팀이에요. 두 분이 안 가면 저도 안 갑니다."

"이 선생님……."

"솔직히 총리실 만찬이 별겁니까? 구내식당 밥보다 조금 낫겠죠. 오라고 사정하니 가서 한 끼 먹어주자고요."

"선생님."

"아아, 됐어요. 저 바쁘니까 그렇게 알고 그만 나가보세요."

창하가 둘의 등을 밀어냈다.

"악!"

복도노 나온 원빈이 낮은 비명을 질렀다. 광배가 그 발을 밟아버린 것이다.

"아프냐?"

"그럼 아프지 안 아파요? 남의 발을 밟고서는……."

"꿈인가 싶어서 한번 밟아본 거다."

"아, 뭐래……."

"그럼 우 선생은 이게 믿겨지냐? 부검 어시스트 평생 해야 행자부 장관 표창 하나 받기도 어려운 게 우리 자리야. 어쩌다 큰 건 하나 해결해도 그 공은 다 검시관들 차지고……."

"누가 몰라요?"

"그런데 총리실 만찬?"

"그야 이 선생님이니까 가능한 거죠."

"그렇지?"

"그런데 선생님, 그렇게 흥분하고 있을 시간인가요? 제가 알기로 선생님, 총리 공관에 입고 갈 만한 옷이 없는 것 같던데요?"

"어업!"

광배가 비로소 현실로 돌아왔다.

"아이고, 마누라한테 비벼서 가는 길에 땡처리 양복이라도 한

벌 사야겠네."

*　　　　*　　　　*

"어서들 오세요."

총리 부부가 공관으로 들어섰다. 초청된 사람은 20명 남짓 되었다. 대다수가 검찰과 경찰, 그리고 국과수 직원들이었다. 검찰에서는 과학수사를 전담하는 DFC 부장과 이장혁에 수사관 두 명, 경찰은 수사국장과 채린을 위시해 검거에 공을 세운 수사관들을 합쳐 6명 정도였고 국과수 쪽은 서울 사무소장과 백 과장, 창하와 피경철, 원빈, 광배를 더해 다섯 명이었다.

"이분이 이창하 선생?"

창하 차례가 되자 총리가 비서실장을 바라보았다.

"맞습니다. 범인 검거에 해법을 찾아주신 분입니다."

"수고했어요. 덕분에 국민들이 다리 뻗고 잘 수 있게 되었군요."

총리의 손에 힘이 들어갔다.

정병권 국무총리.

차기 대권주자 중의 한 사람. 역대 총리들보다 활동적이었으니 미궁 살인에 대한 관심 또한 굉장한 사람이었다. 원빈과 광배까지 악수가 끝나자 가벼운 치사가 이어졌다.

만찬 메뉴는 전복삼계탕이 나왔다.

"완도에서 자연산으로만 공수해 왔습니다. 닭 역시 봉화산 방목 닭을 구해다 썼으니 많이들 드시고 잠시나마 격무를 잊기 바랍니다."

총리가 식사를 권했다.

"총리님, 대권 노리신다면서 좀 짠데요? 닭 한 마리로 때우려 하시다니……."

창하 옆에 앉은 채린이 나지막이 중얼거렸다.

"금일봉 두둑이 주시려나 보죠."

창하가 질러 나갔다.

"하긴 기념품도 있다네요. 총리 시계……."

"시계요?"

"공무원 생활 오래하시면 시계 많이 모을 수 있을 거예요. 시장도 시계, 장관도 시계, 심지어는 대통령까지도 부상은 거의 다 시계거든요."

"그럼 풀 세트로 한번 수집해 볼까요?"

"요즘 부검 말이 몰리죠? 일선 수사 팀들 분위기 보니까 선생님을 선호하더라고요."

"내친김에 당장 독립할까요?"

"독립요?"

"15년 채우고 사립 탐정 회사 만든다면서요?"

"이창하 선생님."

대화 중에 비서실장이 창하를 불렀다. 시선을 드니 총리가 보였다.

"총리님께서 실무의 애로를 듣고 싶다는군요. 건의 사항 있으면 말해보세요."

실장이 말하자 강 소장과 백 과장의 눈길이 창하에게 쏠렸다.

"저는……."

자리에서 일어선 창하, 총리를 바라보며 말문을 열었다.

“아직 국과수 신참이라 시스템에 대해 정확히는 모르고 있습니다.”

말문을 뗀 창하, 부검처럼 시원하게 의견을 풀어놓았다.

“짧은 시간 근무하면서 느낀 점은 부검의들의 부검 업무가 과중하다는 겁니다. 덕분에 부검에 있어 필수 요소라고 할 수 있는 현장 점검은 엄두도 못 내는 형편입니다. 미국의 검시관들 예를 들면 현장 확인과 지휘는 사인의 정확성을 기하는 데 높은 기여가 됩니다. 이걸 못 한다는 건 검시관들의 한 눈을 가린 것과 다르지 않다고 봅니다.”

“으음…….”

총리가 고개를 끄덕거렸다. 창하의 의견이 이어졌다.

“다음은 처우 역시 열악하다는 것입니다. 미국의 경우에도 검시관과 병원 해부병리의의 처우는 차이가 나지만 한국은 극단적입니다. 덕분에 다른 공무원 공채는 경쟁률이 높아 머리가 터지는 편인데 국과수 검시관만은 응시자가 거의 없습니다. 이 두 가지 현안을 제도적으로 해소해 주시면 국과수의 부검 신뢰도가 더 높아지리라 생각합니다.”

“검시관이 정원 미달?”

총리가 강 소장을 바라보았다.

“전체적으로는 53명 가운데 32명이 재직 중이고 서울 사무소 역시 정원의 절반에 불과한 실정입니다.”

소장이 기다렸다는 듯 답을 했다.

“문제가 있군요. 개선 방법을 알아보세요.”

총리의 지시가 나왔다.

쨍!

술 잔 넷이 허공에서 만났다. 창하와 피경철, 광배와 원빈의 잔이었다. 만찬이 끝나고 가까운 술집에서 다시 뭉친 것.

"저기 두 분 선생님들."

잔을 비운 광배가 벌떡 일어섰다.

"네?"

창하가 고개를 들었다.

"주제넘지만 오늘 술값은 제가 쏘겠습니다."

"왜? 그러시면 안 되지? 나는 뭐가 되고?"

피경철이 눈을 휘둥그레 떴다.

"한 번만 봐주세요. 제가 오늘 우리 마누라하고 아들에게 면 좀 섰지 않습니까? 총리님과 찍은 사진에 금일봉 봉투 쏴줬더니 카톡 좀 보세요. 난리가 났습니다."

그가 핸드폰을 내밀었다.

—당신이 최고야.

—아빠 싸랑해. 우리 아빠 만쉐이.

글자 옆에서는 이모티콘들이 하트를 뿅뿅거리느라 쉴 새가 없었다.

"제 몸에서 포르말린 냄새 난다고 찬밥 취급이었잖습니까? 우리 딸도 중학교 들어가니까 옆에도 못 오게 해요. 그런데 난생처음 이런 문자 받았어요. 마누라가 말하길 오늘 하루 카드 결제 무제한으로 푼다니 저도 기분 한 번 내게 해주세요."

"좋아. 그럼 천 선생이 팍팍 쏘라고."

피경철이 흔쾌히 말했다.

"고맙습니다. 그러니까 여러분. 많이들 드세요. 특히 우리 이창하 선생님."

"어허, 천 선생, 내 말 아직 다 안 끝났어."

"예?"

"내 말은 그 카드 아꼈다가 집에 가서 팍팍 쏘라는 뜻이야. 이런 기회 왔을 때 가족들 점수 왕창 따야지. 그러니까 여기 결재는 내가. 아, 나도 이 선생한테 체면이 있지."

"선생님……."

"자, 대신 건배 제창이나 찰지게 한 번 하시게. 우리 챙기느라 다른 직원들에게 눈치 보일 이창하 선생을 위해."

"제, 제가요?"

"아, 어서."

"우리……."

감격 먹은 광배, 마른침을 넘기더니 겨우 입을 열었다.

"우리 국과수의 진짜 에이스 이창하 선생님을 위하여."

네 사람의 케미가 펄펄 끓어올랐다.

제9장

기묘한 주검

다음 날, 소장실에서 검시관 회의가 있었다. 소장이 검시관들을 모아놓고 총리공관 만찬의 분위기를 전한 것이다. 백 과장은 연가를 내는 바람에 참석하지 않았다.

"총리의 격려가 뜨거웠습니다. 자부심을 가지고 임해주세요."

소장의 기분은 좋아 보였다. 하지만 몇몇 검시관들은 억지웃음 속에 훈시를 흘려들었다. 그나마 두루뭉술 넘어간 건 지한세와 소예나였다.

"이 선생."

소장 방을 나와 복도를 걸을 때 권우재가 다가왔다.

"나 좀 보지."

그가 창하를 계단참으로 끌었다.

"하실 말씀 있으신가요?"

창하가 물었다.

"사람, 왜 그렇게 물정을 몰라?"

그의 목소리가 따가웠다.

"무슨 말씀인지요?"

"총리 만찬 말이야, 피 선생님은 몰라도 어시스트들 명단 내려온 거. 이 선생의 요청이었다며?"

"예."

"그게 말이 돼? 그런 선택지가 주어지면 우리 검시관 이름을 넣어달라고 했어야지."

"권 선생님."

"막말로 어시스트들이 뭘? 사인을 밝히고 결과를 쓰고, 그 결과에 책임을 지는 건 우리 검시관들이야."

"요점이 뭡니까?"

"몰라서 물어? 미궁 시신 부검, 이 선생 혼자 했어? 나도 하고 소 선생도 했다고."

"선생님."

"국과수 온 지 얼마나 됐어? 나 때는 말이야. 이런 자리 내려오면 자동으로 선배님들에게 양보했어. 알아?"

"그럼 많이들 다녀오셨으니 한 번 양보해도 되잖습니까?"

"뭐야?"

"지금 저를 질책하는 거 아닙니까?"

"분위기 파악 좀 하라는 거야. 막말로 이 선생이 누구랑 일해? 총리하고 일해?"

"어시스트들과 일하죠."

"이 선생."

"만찬 기회를 선배님들 앞으로 돌리지 못한 건 불찰이라고 해도 할 말 없습니다. 그래도 선생님은 목소리 높일 자격 없습니다."

"무슨 헛소리야?"

"잊으셨습니까? 미궁 살인범… 제가 살인 도구가 손이라고 했을 때 저 불러다 닦아세웠던 일 말입니다."

"……?"

"그때 제가 그랬습니다. 제 말이 틀리면 제가 사표 내고 선생님이 틀리면 제게 사과를 하라고."

"……!"

"지금 생각이 나는군요. 죄송하지만 그 일에 대해 정중한 사과를 요청합니다."

"이 선생!"

권우재의 목소리가 갈라졌다. 하지만 그의 등 뒤에서 들려온 천둥소리가 권우재의 폭발을 막아버렸다.

"이 선생 말이 맞아. 사과하시게."

피경철이었다.

"피 선생님."

"저 위 계단참에서 전화 좀 걸다가 두 사람 말 듣게 되었네. 내가 볼 때는 이 선생 말이 맞아."

"선생님, 저는 지금 국과수 검시 팀의 화합을 대해……."

"이 선생이 없었다면 우린 아직도 미궁 살인에 대해 오리무중이었을 거야. 안 그런가?"

"……."

"부검 말이야, 그거 짬밥으로 하는 거 아니라고 했던 거 권 선생 아니었나?"

피경철의 눈이 권우재를 겨누었다. 그러자 권우재의 얼굴이 벌겋게 달아올랐다. 그 말은 권우재가 한 말이었다. 승진 심사 때 피경철을 누르기 위해 소장을 찾아가 던진 말이었다.

"우리 능력이 부족해 헤매던 일, 이 선생이 해결해 주었네. 그럼 됐지 뭘 바라나?"

"선생님, 제 말뜻은……."

"소장에 원장까지 노리는 사람이 왜 그래? 그 자리에 올라 유지하려면 이 선생처럼 능력 있는 부검의가 밑에 있어야 하는 거 아니야?"

"……."

"가세. 우리 권 선생 얼굴 보니 사과한 거나 진배없네. 경상도 사람이라 무뚝뚝해서 말은 이쁘게 못 하지만 속은 그렇지 않거든."

피경철이 창하를 잡아끌었다.

"푸헐."

혼자 남은 권우재가 허공을 후려쳤다. 창하를 교육하려다 오히려 당한 꼴이었다.

"시작할까요?"

부검실에 들어서니 원빈이 뭔가를 감춘다. 부검대 아래였는데 노란색이 고왔다. 프리지아였다.

"웬 꽃이죠?"

창하가 물었다.

"그게……."

원빈이 머리를 긁적인다. 설명은 광배가 대신 했다.

"어제 뒷풀이 후에 여친 만났는데 선생님 드리라고 사줬다지 뭡니까? 선생님 방에 꽂아드릴 생각이었는데 오늘 개시 부검이……."

광배가 부검대를 가리켰다. 시신이라기보다 검댕에 가까웠다. 전신 탄화가 선명한 시신, 화재사로 죽은 사람이 올라온 것이다.

"첫 부검은 수면제 자살 건 아니었나요?"

창하가 벽의 현황 판을 바라보았다. 창하가 알기로는 그랬다. 그런데 부검 배정이 바뀌어 있었다.

"권 선생님이 바꾼 거 같습니다."

광배 미소가 씁쓸하다. 백 과장이 연가인 날, 직무대행은 권우재의 몫이었다. 기분이 상한 권우재가 쪼잔한 심통을 부린 모양이었다.

"그래서요?"

신경 끈 창하, 다시 꽃을 바라본다.

"시신 보니까 화기가 등천을 하잖습니까? 그래서 우 선생이 선생님 호흡기 정화되라고 여기로……."

"프리지아예요?"

창하가 꽃을 집어 들었다.

"예."

"향 은은하고 좋네요."

창하가 향을 음미하자 원빈의 표정이 풀렸다. 가져오기는 했지만 부검대에 웬 꽃이냐고 화를 낼까 봐 주저했던 것이다.

"미국의 장례지도사들은 관 속에 꽃 장식을 한다죠? 하지만 아직 한국 정서와는 상반될 수 있으니 이렇게 할게요."

창하가 꽃 몇 송이를 따냈다. 그런 다음 주머니에 찔러 넣었다.

"이러면 완벽하죠?"

"예."

"여친에게 고맙다고 전해주세요. 선견지명도요."

창하가 웃으니 부검대 표정이 밝아졌다.

"안녕하세요?"

사건 설명을 위해 형사가 들어왔다. 창하의 시선은 부검대에 있었다.

시신은 투사형 자세를 취하고 있었다. 팔꿈치와 손목은 열 강직으로 심하게 굽었다. 화재로 사망한 시신의 특징이다. 투사형 자세는 격투기 선수들의 자세를 일컫는다. 간단히 말하면 오그라든 것이다.

'권 선생…….'

헛웃음은 그냥 삼켜 버렸다. 이런 갑질은 창하를 더 단단하게 만들 뿐이었다.

42세의 여자 노숙자.

재개발을 앞두고 비워진 연립주택의 빈방에서 발견되었다. 화재 신고를 받고 달려간 소방대원이 불을 끄던 중에 발견한 것이다. 잔해 정리를 하다 까무러쳤다. 불에 탄 이불 더미 아래에서 시신이 나온 것이다.

'살인이군.'

시신을 보기 무섭게 감이 왔다.

현장감식 팀은 시신에 손대지 못했다. 빈집이었고 순식간에 일어난 화재. 소방대원들의 화재 진압 물까지 홍수를 이루었으니 어째 볼 도리가 없었다.

그녀를 덮은 이불은 삼중이었다. 한겨울 맹추위라면 몰라도 삼중 이불을 덮을 사람은 없으니 의도된 살인이 틀림없었다.

외표 검사가 진행되었다. 시신의 몸에는 물결흔이 뚜렷했다. 물결흔은 화상의 흔적이 물결무늬처럼 남은 현상이다. 시신에 기름을 뿌리고 불을 지르면 이런 현상이 나타난다.

인체는 신비하다. 비록 그 생명이 다하더라도 자신이 어떻게 죽었는지는 몸에 새기는 것이다.

마지막 체크는 발이었다. 발바닥은 비교적 깨끗했다. 불이 나면 생존자들은 필사의 탈출을 강구한다. 그렇게 되면 발에 재가 묻는다. 물결흔에 더불어 재가 없다는 것, 사망자는 화재가 났을 때 이미 사망, 혹은 호흡 정지였다는 의미였다.

굳은 다리를 벌리고 성폭행 키트를 사용했다.

"……!"

창하가 잠시 주춤거린다. 성폭행 키트 사용은 처음이었다. 그럼에도 크게 버벅거리지 않았다. 곧 반응이 나왔다.

"성폭행당했네요."

반응을 지켜보던 원빈이 말했다.

찰칵!

사진을 찍고 질 안으로 면봉을 넣어 체액을 묻혀냈다. 범인의 DNA 확보를 위한 작업이었다.

화재로 인한 사망사건이 나면 현장감식반이 개고생을 한다.

화재 진압 VS 증거 보전.

두 명제가 충돌을 한다. 거센 수압의 물줄기가 뿌려지면 증거고 뭐고 박살이 난다. 바닥에 물이라도 고이면 그 물을 다 퍼내야 한다. 그냥 퍼내는 것도 아니고 증거가 될 만한 물건이 있는지 없는지까지 살펴야 한다.

가슴을 열었다. 노숙자가 된 지 얼마 되지 않은 걸까? 시신의 복부에 활짝 핀 노란 지방꽃이 보였다.

위를 열어보니 치킨이 나왔다. 미처 다 소화되지 않았다. 다른 장기들에서는 특별한 징후가 엿보이지 않았다.

지잉!

오늘 전동톱은 광배가 잡았다. 머리가 열리자 창하가 막을 걷어냈다. 출혈이 보였다. 경막외출혈과 경막하출혈이 둘 다 나온 것이다.

경막외출혈은 열에 의해 일어난 두개골의 출혈이 익어버린 현상이다. 생전의 출혈과 구분하기 어렵다. 그러나 경막하출혈은 생전의 출혈로 볼 수 있다. 사망하기 전에 머리에 가격을 받았다는 뜻이다. 그 피를 채취해 알코올 검사를 보냈다. 치킨을 먹었다면 술도 마셨을 수 있었다.

잠시 시신의 안정을 취한 후에 기도를 확인했다. 상기도를 적출하지 않은 채 절개에 들어갔다. 상기도를 적출한 채 절개를 하면 자칫 코나 입의 검댕이 기도를 오염시킬 수도 있기 때문이었다. 검댕은 보이지 않았다. 사망 후에 불이 났다는 확증이었다.

찰칵!

카메라가 움직였다.

"혈중 알코올 농도 0.088%랍니다."

원빈이 알코올 검사 결과를 알려주었다.

"사망의 종류는 타살입니다."

창하의 선언이 나왔다.

현장 사진과 경찰의 조사를 종합한 창하의 그림은 이랬다. 사망자는 남성과 재개발 예정 지역의 빈집으로 들어왔다. 치킨에 곁해 술을 마셨다. 그 와중에 머리에 타격을 받았다. 사망자가 쓰러지자 남자가 성폭행을 했다. 저항의 흔적이 없는 건 머리를 맞는 순간 정신을 잃었다는 뜻이기도 했다. 그런 다음 몸에 기름을 뿌린 후 집주인이 버리고 간 헌 이불들을 찾아와 겹겹이 덮고 또 기름을 뿌렸다. 시신을 전소시키려는 의도가 분명했다.

틱!

라이터가 마지막을 장식했다.

"아, 어떤 새끼가 섹스 못 하고 죽은 귀신이 붙었나? 일 봤으면 됐지 죽이긴 왜 죽여. 벼락 맞아 뒈질 놈……."

살인 현장을 누비는 형사조차도 치를 떠는 사건이었다.

'범인 꼭 잡으시길……'

시신이 나갈 때 창하가 보태놓은 기도였다.

두 번째 부검은 난이도가 높았다. 오늘 예정된 부검 중에서 최고였다. 그래서인지 경찰서 강력 팀장이 직접 시신을 가져왔다. 사안의 심각성을 고려해 창하도 어시스트들과 같이 사건 개요를 들었다.

「욕조 익사 사건」

이틀 전부터 인터넷을 달구던 사건이었다. 그나마 부각이 되지 않은 건 역시 미궁 살인사건 때문이었다. 초유의 사건에 놀란 국민들이었으니 욕조 익사 정도에는 둔감증이 생긴 모양이었다.

이 사건이 집중 조명을 받는 데는 이유가 있었다. 우선은 사망자의 직업이었다. 55세의 그는 최근 뉴욕과 파리에서도 주목받는 특급 의상디자이너였다. 두 번째는 오래전에 발생한 동종 사건이었다. 의사 부인이 욕조에서 숨진 사건. 그와 유사한 형태로 발견된 주검이기 때문이었다.

출산을 앞둔 의사 부인의 욕조 익사 사건은 대법원까지 가는 동안 뜨거웠다. 익사자의 기묘한 자세 때문에 국과수 소장이 현장 조사까지 나갔을 정도였다. 국과수 소장이 뜬다는 건 사안의 심각성을 반영하는 일이었다.

사망 장소가 집안의 욕조인 것은 같았다.

다른 것은 세 가지.

전의 사건은 여자가 죽었고 이번 사건은 남자라는 것. 또 하나는 자세였으니 전의 익사자는 물을 가득 채운 욕조 밖으로 두 발을 걸친 자세였고 이번 익사자는 20㎝ 수위의 욕조 안에 무릎을 꿇고 웅크린 채 엎어진 상태였으니 거의 반대되는 포즈였다.

마지막 하나는 옷이었다. 전자의 사건은 임산부복을 입었고 후자는 벗었다.

과거의 사건은 결국 살인으로 판정이 났지만 외국 법의학 권위자까지 증인으로 나서는 등 뜨거운 공방이 있었을 정도였다.

"몇 해 전부터 뜨면서 핫해진 톱 디자이너입니다. 21살 차이 나는 아내와 말다툼을 한 후에 일어난 사건입니다. 저녁 식사 후에 가볍게 한잔하다가 다툼이 있었고 아내는 손찌검을 당하는 통에 모욕감에 짐을 싸서 나갔다며 범행을 부인하고 있습니다. 디자이너는 자정 무렵 욕조 안에서 사망했고요."

사망 추정 시각은 부인이 집을 나간 지 2시간 후였다.

"외부 침입은 없고 보시다시피 디자이너 목에 끈으로 졸린 자국이 있습니다. 현장감식 팀의 판단은 나중에 돌아온 부인이 남편이 취한 틈을 타서 목을 졸라 실신시킨 후에 욕조에 넣어 강제 익사시킨 것으로 판단하고 있습니다만."

현장 사진이 나왔다. 목에 상흔이 보인다. 경찰은 여자 옷 허리에 묶인 장식용 끈을 증거물로 압수했다. 그러나 상흔이 너무 약했다.

"실신 후에 욕조로 옮겼다? 늘어진 남자를 들어 여자가 욕조에 담그기 쉽지 않을 텐데요?"

반론을 제기하며 사진을 넘기던 창하 얼굴이 굳었다. 여자의 사진 때문이었다. 남자는 호리호리 가냘프지만 여자는 거구였다. 결혼 후, 첫아기를 사산하면서 요리로 공허를 달래다 몸이 불었다. 게다가 그녀의 이전 취미는 암벽 등반.

"암벽 등반이면 근력이 좋을 테니 말은 되네요."

뒤에 서 있던 원빈이 중얼거렸다.

"다른 정보는 없나요?"

창하의 질문은 신중했다.

"주로 여배우나 여자 아이돌들 의상을 만들었지만 성도착증 같은 건 없다고 들었습니다. 주변인들 성추행 같은 문제도 없었고요. 다만……."

강력 팀장이 핸드폰을 꺼내놓았다. 겉 비닐에는 증 제7호라는 글자가 선명했다.

"디자이너 핸드폰인데요. 열어봤더니… 분석을 위해 저희가 따로 옮겨놓은 파일입니다. 디자이너답게 제목도 낭만적이더군요. Heaven guide 1—2—3—4……."

팀장이 아이패드를 눌렀다. 수십 개의 파일들이 나왔다. 팀장이 그중 하나를 열었다.

"……!"

창하 시선이 집중되었다. 그 동영상이었다. 남자라면 한 번쯤 보았을 그 괴성과 신음 소리 범벅의 야동.

"많은 편은 아닌데 눈이 엄청나게 높더군요. 전부 7—8등신에 20대 초반이었어요."

"잠깐만요."

파일을 종료하려는 팀장을 창하가 막았다. 그런 다음 디자이너 부인의 사진을 돌아본다. 잠시 생각에 잠긴 창하가 뜻밖의 말을 꺼내놓았다.

"나머지도 다 틀어주세요."

"이걸 다요?"

"소리도 키워주세요."

응?

교성 가득한 소리까지?

강력 팀장의 눈은 점점 더 휘둥그레지고 있었다.

*　　　*　　　*

아아아.

음음흠.

교성이 대기실에 울려 퍼졌다. 모두의 얼굴이 붉어지지만 창하는 오히려 볼륨에 취할 뿐이었다. 환경미화원이 빼꼼 문을 열고 안을 들여다본다. 광배는 아무것도 아니라며 손짓하기에 바쁘지만 창하는 눈길도 주지 않았다.

창하의 시선은 AV 배우들 몸매에 꽂혔다. 민망한 팀장은 잠시 바람까지 쐬고 들어왔다. 그제야 창하가 자리를 털고 일어섰다.

[부검 시작합니다.]

불이 꺼졌다 들어오자 창하가 선언했다. 화재로 사망한 시신에 이어 물에 익사한 시신이다. 그것도 논란의 여지가 많은 주검들…….

"괜히 우리 때문에 선생님이……."

짬밥으로 눈치를 깐 광배가 고개를 숙였다.

"아닙니다. 저야 공부도 되고 좋은데요, 뭐."

창하는 못내 담담하다. 외부인이 있으니 어시스트들도 더는 말하지 않았다.

외표 검사에 들어갔다. 일단 코와 입부터 살폈다. 익사자는 대개 코와 입에 거품이 발생한다. 호흡운동으로 유입된 공기 때문이다. 시신에는 거품이 거의 없었다.

목의 상흔으로 내려갔다. 전형적 의사에서 보이는 흔적이다. 체중에 의한 압박인 것이다. 그러나 자국이 약하고 목 뒤에 매듭의 고리 흔적이 없다. 열린 고리 형태로 목을 조였다는 뜻일까?

그런데…….

약한 상흔 속에 또 다른 흔적이 있었다.

'진구성 손상?'

창하 미간이 확 구겨졌다. 진구성 손상이란 과거에도 목을 조인 적이 있다는 뜻이었다.

"이 사람, 얼마 전에도 자살 시도한 적 있었나요?"

창하가 팀장에게 물었다.

"용의자에게 그런 진술은 못 들었습니다."

팀장이 고개를 저었다.

그대로 두고 외표 검사를 계속했다. 당연히 손톱을 확인한다. 확대경을 들이대니 부스러기로 보이는 이물이 나왔다. 핑크빛 라인이 아련했다.

"저항흔입니까?"

강력 팀장의 관록이 질문으로 나왔다.

"이물이기는 한데 인체 조직은 아니고 실크 쪽 같습니다."

찰칵!

카메라가 터졌다.

외표에는 다른 특징이 없었다.

사삿!

쇄골을 따라 절개를 시작했다. 익사자는 폐가 우선이었다.

"응?"

강력 팀장이 고개를 갸웃한다. 가슴에서 드러난 폐 때문이었다. 익사 폐는 팽창한다. 그 팽창이 극한에 이르면 흉곽 가운데서 좌우엽이 만나 심장을 덮어버린다. 하지만 시신의 폐는 팽창하지 않았다.

"뭐야?"

얼굴이 창백해지는 건 강력 팀장의 경험 때문이었다. 얼마 전에 수영장 익사자의 폐를 본 적이 있었다. 그야말로 빵빵이었다. 그런데 이 시신은 물을 먹지 않은 것이다.

"건성 익사입니다."

창하의 설명이 나왔다.

"건성 익사요?"

팀장이 묻는다.

"물을 먹는 익사는 수흡성 익사고 물을 먹지 않은 익사는 건성 익사라고 하죠. 익사자들 열 중 한둘은 이런 익사 형태를 보입니다."

"그러니까 그 말은 물은 안 먹어도 빠져 죽는단 말입니까?"

"그렇죠."

"난해하네. 접시 물에 빠져 죽는다는 말은 들어봤어도……."

팀장의 고개가 한 번 더 갸웃 돌아갔다.

—물을 먹지 않고 빠져 죽는 익사.
—접시 물에 빠져 죽는 익사.

그런 게 가능할까?
가능하다.
상황에 따라서는 10—20㎝ 깊이의 물에 빠져도 죽는다. 만취자나 탈진 등으로 늘어진 사람이 그런 구덩이에서 잠이 들면 익사할 수 있는 것이다. 그렇기에 접시 물에 빠져 죽는다는 말은 속담이 아니라 '과학적'일 수 있었다.
다음으로 기도를 절개했다. 거기도 포말은 거의 없었다.
찰칵!
이어 호흡근의 출혈을 살피고 나비뼈겉굴을 체크한다. 호흡근에는 출혈이 없었고 나비뼈에도 익수는 보이지 않았다.
"……?"
인후에서 잠시 시선이 머문다. 생뚱맞게도 일시 폐쇄 흔적이 있었다.
'인후 폐쇄?'
머리에 담아두고 부검을 계속 진행했다.
찰칵, 찰칵!
카메라가 터지는 사이에 시선이 사타구니로 내려간다. 그대로 페니스를 절개하니 팀장은 또 한 번 놀라는 표정이었다.
"거시기는 왜?"

그가 의뢰한 건 의사와 익사였다. 게다가 여자도 아니었다. 그런 차에 페니스를 열어보니 자신도 모르게 중얼거림이 나온 것이다.

창하는 요도를 훑었다. 그런 다음 슬라이드에 그 액을 발랐다. 구석에 놓인 현미경으로 가서 재물대 클립에 물린다.

'쿠퍼액의 흔적…….'

창하 눈빛에 가는 경련이 스쳐 갔다. 쿠퍼는 정액에 섞여 나오는 액체였다. 그러니까 디자이너는 죽기 전에 사정을 했다는 뜻이었다.

그러나 사망 당시 들고 나온 여자는 없었다. 오직 디자이너 혼자였을 뿐.

[진구성 손상의 흔적+쿠퍼액]

창하 머리에 밑그림이 그려지기 시작했다.

"팀장님, 아까 그 자료 사진 좀 다시 보여주시죠. 디자이너의 평소 모습들 말입니다."

창하가 요청하자 팀장이 아이패드를 켰다. 디자이너의 사진이 나왔다. 각종 패션쇼에서 찍은 사진들이다. 옆에 선 스타들 몸매가 섹시하다.

그러나 디자이너의 옷은 그와 반대였다. 미세먼지라도 들어올까 봐 그러는지 노출을 최소화하고 있었다. 특히나 목은 거의 폴라티 수준 이상으로 올라가 있었다.

"사망자 말입니다. 혹시 집에서도 이런 옷을 입고 있었을까요?"

"글쎄요."

"체크 좀 해주시겠어요."

"옷이 이 사건과 연관이 있나요?"

"있을 것 같습니다."

"으음……."

팀장이 핸드폰을 꺼냈다.

"아, 난데, 피의자하고 사망자 가족, 지인 등에게 연락해서……."

팀장이 부하 형사에게 지시를 내렸다. 답은 10분쯤 지난 후에 돌아왔다.

"그렇다는군요. 몇 해 전부터 잘 때도 목이 올라간 옷을 입는다네요."

"사건 발생일에도 그랬겠죠?"

"피의자 말로는 그렇답니다. 아, 그러고 보니……."

팀장은 뭔가 떠오른 듯 의견을 이어놓았다.

"폴라티 같은 걸 입은 위로 목줄을 조여서 의흔이 약한 것일 수 있겠군요. 그런 다음에 옷을 벗겨 버리면 부검이 애매모호해지는……."

"옷 위로 고리를 건 건 맞는 것 같습니다."

"이야, 이 여자 지능범이네?"

"제 생각은 그 반대입니다."

"반대라고요?"

치를 떨던 팀장이 창하를 바라보았다.

"여자보다 남자 쪽인데… 제가 현장 좀 볼 수 있을까요?"

"살인 현장을요?"

"부인도 좀 데려오시고요. 결론을 내려면 꼭 필요할 것 같습니다."

"알겠습니다. 가시죠."

강력 팀장이 앞장을 섰다.

"두 분은 좀 쉬고 계세요."

확대경을 집어 든 창하가 그의 차에 올랐다.

희생자의 집은 유려했다. 유럽식 실내장식에 세련된 가구들. 의자 하나도 소위 간지가 넘치는 것들이었다. 욕실 문은 열려 있었다. 폴리스 라인 선을 넘어 안으로 들어갔다. 타일이 기막히지만 주인이 죽어나간 곳. 화려함은 사라지고 삭막함만 가득했다.

욕조에는 라인이 그어져 있다. 사망 당시 물높이를 매직펜으로 그어놓은 것. 디자이너의 위치도 대략 표시가 되어 있다. 경찰의 현장 보존 실력도 과거와는 다른 수준이었다.

"욕조 검사는 끝났습니까?"

창하가 물었다. 부인은 아직 도착하지 않고 있었다.

"예."

"그럼 물을 좀 채워보겠습니다."

"그러시죠."

"그런데… 샤워기 위치는 어디였죠?"

"샤워기는 저쪽에 떨어져 있었습니다."

"물은 나오고 있었나요?"

"예. 먼저 도착한 직원이 잠갔다고 하더군요."

"그럼 욕조 물은 샤워기로 채우고 있었겠군요."

창하가 물을 틀었다. 샤워기가 시원하게 물을 뿜었다. 물을 표시 지점까지 채우고 생각에 잠긴다. 그런 다음 안방으로 들어가 장롱을 열었다. 디자이너의 옷들은 정말 목 부분이 높았다. 옆에 붙은 작업실도 보았다. 수많은 의상과 옷감, 전문 서적 등이 삼면을 메우고 있었다.

다음은 부인의 옷장이었다. 외출복은 물론, 속옷까지도 하나하나 체크를 했다. 그때 형사와 여경 하나가 부인을 데리고 들어섰다.

"국과수 부검의 선생님입니다."

팀장이 창하를 소개했다.

"저는 아니에요."

그녀가 다짜고짜 고개를 젓는다.

"절대 아니에요. 내가 돌아왔을 때 남편은 숨진 후였어요."

"이 여자가 정말……."

형사가 부인을 닦아세운다.

"혹시……."

형사를 제지한 창하가 말문을 열었다.

"남편의 목 말입니다. 최근에 맨살을 본 적 있나요?"

"없어요. 그이는 잠옷조차도 폴라티 스타일이니까요. 나이 드니까 목이 차면 감기에 걸린다나요."

"결혼 전에는요?"

"그때는 아니었어요."

"부부 관계가 없다고 들었는데 언제부터인가요?"

"제가 임신하면서부터였어요. 그때부터 남편 작품이 뜨기 시작했어요. 그렇게 바쁘다 보니… 그 와중에 제가 사산을 하면서 폭식에 빠져 몸이 부어버리니 거들떠보지도 않더군요."

"원래 성욕이 없던 분인가요?"

"결혼할 때까지만 해도 아니었어요. 하룻밤에도 몇 번씩 저를 괴롭히던 사람이었죠."

"외도는 없었고요?"

"그런 눈치는 없었어요."

"사고 난 날 역시 관계는 없었죠?"

"없어요. 최근에는 일에 쫓겨 그런 생각조차 못 하던 사람이에요."

"혹시 남편분께서 끈이나 줄 같은 것을 좋아하지 않았나요?"

"어머!"

부인의 반응이 나왔다.

"좋아했군요."

"작업실에 두는 것 같았는데 저는 만지지도 못하게 해요."

"그럼 혹시 실신 말입니다. 그런 적도 있었나요?"

"화장실 갔다가 실신 직전까지 간 적은 있어요. 한 번은 그 일로 응급실도 다녀왔고요."

빙고.

부인의 말에 창하 표정이 활짝 펴졌다.

"그럼 끈이 있다는 작업실로 좀 안내해 주시겠습니까?"

창하가 말하자 형사가 그녀를 앞세웠다.

"소파 옆 샘플 서랍에 있을 거예요. 거기 두는 걸 본 적 있어요."

그녀 말이 떨어지자 형사가 서랍을 열었다. 경찰 수사 팀이 이미 다 체크했던 곳. 그렇기에 서랍 안은 비교적 어지러웠다.

"……!"

창하 시선이 서랍 안에 꽂혔다. 긴 줄이 있었다. 하나도 아니고 형형색색의 여럿이었다.

"터키 부르사에서 사 왔을 거예요. 그걸 만지면 영감이 떠오른다고 말했던 것 같아요."

부인의 설명이 나왔다.

그중에서 핑크 계열 끈 하나를 집었다. 부드럽다. 목에 대니 여인의 손을 두른 느낌이었다. 확대경을 꺼내 끈을 살폈다. 내려놓고 다른 걸 살피길 수차례. 마침내 하나를 골라 손에 들었다.

그런 다음 컴퓨터 앞으로 걸었다. 초대형 모니터였다. 그 각도를 돌려보며 공간을 살핀다. 동작을 멈추고 벽으로 향한다. 거기 줄을 맬 만큼 견고한 고정쇠가 보였다. 고정쇠와 그 바닥에도 확대경을 대본다. 그러더니 그 벽에 기대앉았다. 모니터가 한눈에 들어왔다.

"여자분은 내보내 주세요."

벽에 기대앉은 채 창하가 말했다. 여경이 그녀를 인솔해 나갔다.

"선생님."

팀장은 궁금한 표정이다. 창하의 행동에 이해가 가지 않는 것이다.

"저 컴퓨터 체크해 보셨나요?"

창하가 팀장에게 물었다.

"예. 부인이 집으로 돌아오기 전에 사용한 기록이 있더군요."

"시간 기억나세요?"

"밤 11시 20분이지?"

팀장이 형사를 돌아보았다.

"예. 부인이 나간 사이에 20분 정도 사용했습니다."

형사가 수첩을 보며 답했다.

"뭘 했는지 알 수 있으신가요?"

창하가 말꼬리를 붙였다.

"선생님, 사망자가 컴퓨터를 사용한 건 그닥……."

"짚이는 게 있어서 그럽니다."

"끙."

신음 소리를 낸 팀장이 형사에게 지시를 내렸다. 형사의 손이 자판을 날아다니자 디자이너의 사용 기록이 나왔다.

"……?"

화면을 보던 형사 눈동자가 구겨졌다.

"팀장님, 디자이너 핸드폰에서 뽑은 야동 파일 가지고 계시죠?"

"그런데?"

"잠깐 줘보시죠."

형사가 손을 내밀었다. 아이패드를 건네받은 형사의 손이 빠르게 움직였다. 그러자 대형 모니터에 화면이 떠올랐다. 세일러 복장의 AV 배우가 나오는 일본 야동이었다. 한 편도 아니고 네 편 동시 상영이었다.

"뭐야?"

"디자이너가 죽기 전에 열어본 파일들입니다. 휴지통에서는 지웠는데 파일 제목이 독특해서 생각이 났습니다. Heaven guide."

형사가 말했다. 사건 분석에 고심하던 그였기에 파일 제목을 기억하고 있었던 것.

"선생님."

돌아보던 팀장이 소스라쳤다. 벽에 기댄 창하, 자살이라도 하려는 듯 목에 고리를 걸고 있었다. 조금 전에 골라낸 핑크빛 실크로 만든 줄이었다.

"디자이너의 사인은 이것입니다."

"......?"

당황하는 팀장의 귓속으로 창하의 결론이 빨려 들어왔다.

"자기색정사."

제10장

—

구더기가 답을 주다

자기색정사.

사인을 들은 팀장이 바로 질문을 날렸다.

"그건 자위의 극적 쾌감을 위해 자기 목을 매는 거 아닙니까?"

"아시는군요."

"그 자리에서 말입니까?"

"예, 이 끈을 쓴 것 같습니다. 디자이너의 손톱에서 나온 이물질이 이 실크 줄과 비슷하거든요. 자세한 건 분석해 봐야 알겠지만요."

창하가 목에 걸친 줄을 풀었다.

자기색정사.

간단히 자위행위다. 목을 매는 의흔은 대개 자살이지만 아닌 경우가 있다. 대표적인 게 바로 자기색정사였다. 목을 매달고 자위하는 것이다.

누가, 무엇 때문에, 왜 그렇게 위험한 자위를?

자위는 보통 손을 이용한다. 더러는 기구를 쓴다. 이제는 리얼돌을 이용하기도 하는 시대다. 하지만 세상의 인간은 똑같은 기준으로 살지 않는다. 더러는 익스트림을 즐기기도 하니 그 대표가 바로 목을 매고 하는 자위행위였다.

이 오르가즘의 기전은 끈으로 목의 혈관을 압박해 뇌로 가는 혈류량을 줄이는 것이다. 뇌가 일시적인 저산소증에 빠진다. 바로 이 상태에서 성적흥분이 최고치에 달하는 것이다.

자기색정은 자살 시도가 아니므로 창하가 선보인 것처럼 발이 땅에 닿는다. 대신 무릎이나 지지대를 이용해 목에 가해지는 압박의 강도를 조절한다. 흥분에 도달하면 압박을 늦추고, 흥분을 원하면 압박을 올리는 식으로 성적 쾌감을 느끼는 것이다.

때로는 '효과'까지 동원한다. 바닥에 야한 사진을 펼쳐놓거나 거울을 세워 피학을 즐기고, 눈을 가리는 경우도 있다. 혹은 여자 옷이나 여자 속옷도 사용한다.

지나치면 사고가 된다. 흥분에 취해 압박이 도를 넘으면 의도치 않은 사망으로 이어진다. 한순간이다. 이게 바로 자기색정 질식사였다. 법의학적으로는 '사고사'로 취급한다.

디자이너의 경우는 환경이 한몫을 했을 것 같았다. 나이 들어 대박을 친 사람. 주변에는 조각상 같은 10대 후반과 20대 초반의 아이돌 스타들이 바글거린다. 의상을 맞춰주려면 부득이 신체 접촉이 일어난다. 그러나 집에 오면 와이프는 그 반대 체형이

다. 와이프의 임신 때부터 자위에 맛을 들였다면 이제는 더 큰 자극이 필요했다. 자위의 속성이었다.

"그렇다면 디자이너는 욕조가 아니라 선생님이 있는 자리에서 죽었어야 하지 않습니까?"

팀장이 이의 제기를 해왔다.

"맞습니다."

일어선 창하가 끈을 형사에게 넘겼다. 증거물로 쓰여야 할 물건이었다.

"그런데 왜 욕조에서?"

"욕조는 후행 사인입니다."

"후행?"

"부검실에서 확인한 바에 의하면 디자이너는 목에 진구성 손상이 있었습니다. 그건 과거에도 목을 매고 자위를 했다는 증거가 되죠. 아울러 쿠퍼액도 확인했습니다. 그러나 아시다시피 쿠퍼액은 두 가지 경우에 다 검출될 수 있습니다. 성교와 시체 경직 현상……."

"……."

"그 확인을 위해 현장 방문을 요청했던 겁니다. 진구성 손상 역시 강한 편이 아니었으니 현장 분위기에 따라 판단이 달라질 수도 있었지요."

"……."

"일단 예전에 다녀왔다는 응급실 체크부터 해주시겠습니까? 당시 어떤 진단을 받았는지?"

창하의 요청은 더없이 묵직했다.

"위가 좀 안 좋은 거 외에는 혈압 정상, 전해질 정상, 뇌 검사도 정상이었다고 하는군요."

"됐습니다. 그럼 이제 본안으론 넘어갑니다. 디자이너가 왜 욕조에서 숨졌는지."

창하가 욕실을 향해 걸었다.

"자, 결과는 익사입니다. 그것도 반도 안 찬 욕조에서 웅크린 채 익사."

욕조 앞에서 설명이 이어진다.

"극한 자위를 끝낸 디자이너가 몸을 씻기 위해 욕실로 옵니다. 오르가즘의 흥분은 아직 남았고 알코올 기운 역시 혈관에 가득합니다."

"……."

"체온은 아마도 후끈했겠죠. 술로 몽롱하게 만들었던 뇌에… 그래서 찬물을 틉니다. 달아오른 몸을 식히기 위해… 게다가 그 나이대 사람들은 찬물로 거시기를 씻으면 정력이 강화된다는 속설까지 신봉하는 경우가 많습니다."

"……."

"욕조에 들어가 찬물을 좌아악."

"……."

"바로 그때 문제가 발생합니다. 알코올 섭취로 이완된 혈관에 찬물이 더해지면 미주신경 억제 기전이 작동합니다. 게다가 디자이너는……."

어느새 분위기를 장악한 창하, 팀장과 형사를 향해 또렷하게 말을 이었다.

"극한 자위의 황홀경에 취해 기도와 후두가 동시 자극을 받은 상태입니다. 이렇게 되면 인후가 폐쇄될 가능성까지 높아집니다."

창하가 체크했던 인후의 반응, 역시 미주신경 억제 기전의 작용이었던 것이다.

"……!"

"한 가지 더 덧붙이면 역시 미주신경성 실신입니다. 디자이너는 이미 소화기 문제가 있던 사람이었죠? 그로 인해 실신 직전까지 간 상황도 있었습니다. 그대로 거꾸러질 수밖에 없는 조건들이죠."

"……."

"샤워기를 잡은 채 욕조에 무너집니다. 야속하게도 물은 계속 나옵니다. 물이 어느 정도 차오르자 샤워기가 용트림을 하다 밖으로 튕겨 나가 버립니다. 수위가 낮은 건 그 이유였을 겁니다."

"……."

"사망의 선행요인, 자기색정적 질식 요인에 미주신경 질환, 사망의 종류, 사고사."

"선생님."

"더 설명이 필요합니까?"

"하지만 병원 측에서는 검사상에 아무런 이상도 없었다고 했습니다."

"그게 바로 미주신경성 실신의 특징입니다. 검사에 나타나지 않는 질환. 그럼에도 실신을 하는 사람들에게 미주신경성 실신이라는 진단이 내려지지요. 병원에 다시 확인하셔도 좋습니다."

"……."

팀장이 황당해하는 사이에 형사가 샤워기를 틀어놓았다. 찬물을 최대치로 틀고 욕조에 넣는다. 샤워기는 발광을 하며 이리저리 튀었다.

"허얼."

형사 입에서 한숨 섞인 감탄이 나왔다.

"선생님."

거실로 나오자 부인이 창하를 불렀다.

"한마디만 해주세요. 저는 남편을 죽이지 않았어요."

"……."

"나이 차이로 부모님이 반대하던 결혼이었어요. 그걸 무릅쓰고 사랑했는데 제가 왜요?"

부인의 절규를 들으며 팀장을 바라보는 창하. 팀장은 큼큼 헛기침을 하며 자리를 비킨다.

"아직 확정된 건 아니지만……."

잔뜩 긴장한 부인에게 창하가 남은 말을 이어주었다.

"부검은 부인의 결백을 믿는 쪽입니다."

"아."

창하의 말에 부인이 무너졌다.

"고맙습니다. 제가 꼭 듣고 싶던 말이에요. 정말 고맙습니다."

부인이 엎드린 채 울먹거렸다.

"허, 내가 말은 들었지만 진짜로 목매고 자위하는 인간은 처음 보네."

돌아가는 길, 운전하던 팀장이 탄식을 토했다.

"부인에게는 사실 통보를 했나요?"

"일단 돌려보내고 부검 결과서 결재받은 후에 통보할 생각입니다."

"부인 심정이 기쁘면서도 슬프겠네요."

"그렇겠죠. 부검 의뢰할 거라니까 선생님에게 맡겨달라고 통사정을 했거든요."

"저한테요?"

"예. 하도 애원하길래 국과수에도 그렇게 부탁을 드렸습니다. 죽은 사람 소원도 들어준다지 않습니까?"

'권우재 선생의 장난질이 아니었어?'

창하가 골똘해졌다. 화재사 시신은 의도적 배정이지만 이 건은 우연이 겹쳤던 모양이었다. 괜한 의심을 했으니 살짝 미안한 마음이 들었다.

"부인에게는 미주신경 억제로 인한 건성 익사로 알려주세요. 선행요인은 몰라도 될 테니까요."

창하가 의견을 밝혔다. 그녀의 프라이드를 지키고 동시에 남편의 프라이드도 지키는 일이기 때문이었다.

"그건 과장님과 상의해 보겠습니다."

띠롱띠로롱.

대화하는 사이에 전화가 들어왔다. 채린이었다.

"이창하입니다."

전화받기 무섭게 채린의 목소리가 다급하게 흘러나왔다.

—어디세요?

"부검 일로 현장 확인하고 복귀하는 길인데요?"

—저 지금 국과수예요.

“차 팀장님, 설마?”

창하 목소리가 긴장하기 시작했다. 채린의 분위기가 그런 쪽이었다.

—손괴와 부패가 심한 시신 하나가 나왔어요. 선생님이 안 계시니 권우재 선생님이 부검을 맡고 있는데 내장이 다 사라진 시신이라 미궁 살인하고는 상관없다고 말해요. 하지만 그래도 걱정이 되는 거 있죠.

“시신 나이는요?”

—60—70대라는데 자세한 건 정밀검사를 해봐야 안다고 하네요.

“알겠습니다.”

—지금 부검이 거의 끝나가거든요. 옆에 우리 직원 누구예요. 저 좀 바꿔주세요.

“그러죠.”

핸드폰을 강력 팀장 귀에 넘겨주었다.

“알겠습니다.”

통화를 끝낸 강력 팀장, 비상 경광등을 꺼내더니 운전석 지붕에 붙인다. 그다음부터는 전속 가속이었다.

띠뽀띠뽀…….

사이렌 속에서 창하도 긴장 백배였다. 부패 때문이었다. 이제 잠잠해져 가던 미궁 살인. 그래서 창하의 판단이 빗나간 것인가 싶던 참이었다. 하지만 부패라면… 창하가 예측하던 대로 아홉 번째 희생자일 수 있었다. 어딘가 방치되었다가 이제야 발견된 거라면…….

순간.

부아앙!

팀장 앞을 칼치기로 치고 나가는 차가 있었다. 장혁의 차였다.

"아, 저 새끼가 뒈지려고 약 빨았나?"

놀란 팀장 입에서 험한 말이 나왔다.

"검찰청 이장혁 검사 차입니다. 국과수 가는 모양이네요."

차 번호를 아는 창하가 팀장을 달랬다.

"검사라고요?"

"따라 붙어주세요."

"알겠습니다. 그렇잖아도 검찰하고 수사권 경쟁 중인데 뭐 하나라도 지면 안 되죠."

팀장이 속도를 높였다.

국과수 주차장에서 내린 장혁, 뒤따라 멈추는 팀장 차량을 바라보았다.

"이 검사님."

"어? 선생님이었어요?"

"차 팀장 연락 받고 오셨죠?"

"선생님이 부검 중인 게 아니었군요?"

"여기 강력 팀장님하고 현장 조사 좀 나갔다가 오느라고요."

"아, 예……."

"들어가시죠."

창하가 앞서 걸었다. 여전히 신참이지만 여기는 국과수. 창하의 안방이었다.

"선생님."

부검실 복도에 들어서자 원빈이 달려왔다.

"미궁 살인으로 의심되는 시신이 왔다면서요?"

창하가 물었다.

"권우재 선생님이 부검 중입니다. 머리 굴리다 자기 발등 찍었다는 표정이 볼만하던데요?"

풋!

창하가 웃었다. 백 과장이 공석인 날. 의뢰된 부검을 이리저리 찢어 돌리고 널널하게 지내려던 권우재. 느닷없이 긴급 부검이 들어왔으니 그의 몫이 된 것이다.

3번 부검실.

채린은 그 앞에 나와 있었다. 창하와 장혁을 보더니 뛸 듯이 다가왔다.

"부검 끝났습니까?"

창하가 물었다.

"진행 중이에요."

"경과는요?"

"조금 전에 소장님이 다녀갔는데 집도의 권 선생님 말로는 미궁 살인 시신이 아니라 교통사고 유기 시신인 것 같다고 하네요."

그럼에도 채린의 표정은 밝지 않았다.

"교통사고? 그럼 다행인데 얼굴 왜 그래?"

장혁이 채린의 팔뚝을 두드렸다.

"신원 확인 중간보고 왔는데 나이는 77세에 어쨌든 심장이 없잖아. 부검도 왠지 설렁설렁 하시는 것 같고. 우리 이 선생님이 했어야 하는데……."

채린이 창하를 바라보았다.

"그럼 이 선생님이 같이 확인하면 되잖아?"

장혁의 의견이 나왔다.

"그건 곤란합니다."

창하가 입장을 밝혔다.

부검.

대상이 시신일 뿐, 병원으로 말하자면 수술이다. 집도의가 정해지면 다른 부검의가 멋대로 개입하기 어렵다. 더구나 부검이 막바지에 접어든 상황에 창하보다 선임자. 권우재가 요청을 한 것도 아니니 더욱 그랬다.

창하가 개입하려면 적어도 소장의 지시가 나와야 했다. 그러자면 권우재가 사인 판단에 애를 먹어야 한다는 선행 조건이 필요했다. 부검은 의사들의 수술과 다를 바 없는 세계였다.

"아, 미치겠네."

"차 팀장님 촉으로는 미궁 살인 같습니까?"

"그게 척추가 부서진 채 부패된 시신이라 벌레에 구더기 범벅이라 저도 판단이 잘 안 서요. 하지만 뭔가 찜찜한 것만은 사실입니다."

"그럼 부검 끝나고 시신 나갈 때 한번 보죠. 사진하고 같이 보면 대략 확인이 될 겁니다."

"알았어요. 어디 가지 마세요. 끝나면 바로 연락드릴게요."

채린이 권우재의 부검실 안으로 들어갔다.

"쓰읍."

장혁이 입맛을 다셨다.

"왜요?"

"채린이 쟤, 촉이 무섭거든요. 고등학교 때 일인데 한 번은 동아리 선배 여섯 명의 석차를 미리 맞힌 적도 있어요."

"대단하네요."

"미궁 살인은 아니어야 할 텐데……."

장혁도 속이 탄다. 한 달 가까이 잠잠했던 미궁 살인. 범인 박상도는 병원에 있고 대책반은 해단을 앞두고 있었다. 그 자신도 소속 부서로 복귀를 앞두고 있던 시점이었다.

"이 선생님."

부검이 끝나자 채린이 창하를 불렀다. 부검이 끝난 시신은 경찰이 가져간다. 안으로 들어서니 권우재는 퇴장하고 없었다.

"잠깐만 풀어주세요."

채린이 어시스트들에게 말했다. 권우재의 어시스트로는 박대열과 이문식이 들어와 있었다. 시신 운반용 보디 백이 다시 열렸다.

지익!

지퍼를 열자, 어디선가 기어 나온 구더기 한 마리가 톡, 부검대 위로 떨어졌다. 이어 하얗게 사위다 만 백골과 부패가 극한 대조를 이루는 시신이 드러났다.

'웃!'

창하가 움찔 흔들렸다. 휜하게 드러난 복부와 함께 빈 동굴이 되어버린 눈구멍. 고양이와 들개, 벌레와 파리가 경쟁적으로 훼

손한 참상 때문이 아니었다. 텅 비어 흔적만 남은 복부. 심장이 있던 자리에 백택의 링이 선명하게 서린 것이다.

'……!'

피가 확 끓어올랐다. 미궁 살인의 희생자였다.

그러나.

다른 미궁 살인 시신들과 다른 느낌 하나.

엄청난 난폭함이었다.

'뭐야?'

* * *

"맞습니까?"

묻는 채린의 목소리가 떨렸다. 긴장하기는 장혁도 마찬가지였다.

"손괴에 부패가 엄청나군요."

창하의 손이 움직이기 시작했다. 백택 8안의 사인을 받았지만 그걸 내세워 미궁 살인을 주장할 수는 없는 일이었다.

여기는 국과수 부검실.

그 이름에 합당한 과학적 증명을 들이대야 했다.

[교통사고사]

권우재의 판단이었다. 시신을 움직이니 척추가 흔들렸다. 고관절을 비롯해 척추 절반이 나간 상황. 차량이 사람을 뒤에서 충격했을 때 '나올 수 있는' 손상이었다.

내장 기관은 남은 게 없었다. 사람이 죽으면 내장 기관이 녹아 진흙처럼 변한다. 다행히 내부장기는 외부 장기보다 연화 진행이 느리다.

부패는 장기의 조직적 특성으로 인해 서로 다르게 나타난다. 가장 빨리 융해되어 녹아나는 건 장의 내부와 췌장이다. 사후 몇 시간이면 녹기 시작한다. 자궁과 전립선은 다르다. 일 년이 지나도 형태를 유지하는 경우가 많다. 뇌 역시 며칠이면 질척하게 녹아버린다.

연부조직이 분해되는 데 걸리는 시간은 대략 1년이다. 매장한 상태에서는 3년 정도가 걸린다. 이러한 부패는 온도와 습도, 공기 흐름의 영향에 민감하다. 속도는 방치된 시신, 수중 시신, 매장 시신 순으로 나온다. 즉 매장된 시신이 가장 늦게 부패되는 것이니 이를 'Casper의 법칙'이라 한다.

그러나 모든 법칙에는 예외가 있는 법. 시신 역시 예외는 아니었고 이 시신처럼 동물이나 곤충의 손괴가 수반된다면 사망 시각을 계산하는 건 쉽지 않은 일이었다.

손괴는 짐승, 새, 곤충, 파리 등이 주범이다. 특이하게 고양이도 한몫을 한다. 고양이는 주인이 사망한 방에 같이 있으면 시신을 뜯어 먹는다. 이들 외에 개미나 바퀴벌레, 지네 등도 손괴에 영향을 미친다.

개미와 쥐?

부검에 있어 이들처럼 골치 아픈 것도 드물다. 개미에 의한 손괴는 표피 박탈처럼 보이기도 하고 목에 나면 액흔이오, 허벅지에 나면 성폭행의 흔적과 구분하기 힘들어진다. 쥐 역시 골치 아프기는 마찬가지였으니 물어뜯은 자국이 자창이나 할창과 유사한 까닭이었다.

동물의 손괴에 파리가 가세를 했다. 그렇기에 횡경막을 중심으로 복부가 휑해진 것이다. 내장 기관은 그들이 좋아하는 곳이기 때문이었다.

'풀…….'

부검 때 골라놓은 증거물이 보였다. 풀은 한 가지, 게다가 말랐다.

문제는 역시 횡경막과 심장이었다. 손괴는 하필 횡경막을 기준으로 아래쪽이 심했다. 즉 미궁 살인의 트레이드마크인 횡경막 손상을 볼 수 없는 것이다. 심장 역시 다른 장기들과 함께 손괴되어 버렸으니 적출을 당한 건지 아닌지 구분이 모호해 보였다.

그런데…….

왜 이리도 난폭함이 느껴지는 걸까? 손괴와 부패라면 참담함 쪽이어야 옳았다. 그럼에도 난폭함이 먼저 와닿는 건 참담함의 극치 때문일까? 아니면 살인마의 어떤 암시일까?

상처가 말라붙은 복막을 하나하나 짚어가는 창하.

"……!"

기어이 단서를 찾아내고 말았다. 골절된 척추뼈 쪽으로 말려들어간 관상동맥의 흔적을 찾은 것이다.

확대경부터 들이댔다. 압도적인 힘으로 잡아당기는 통에 끊어졌다. 끊어진 흔적이 미궁 살인 희생자들의 것과 같은 타입이었다. 차분하게 폐와 간, 위장까지 체크했다. 깨끗하게 분해해 치웠지만 약간의 흔적은 남았다. 다른 것은 오직 심장일 뿐이었다.

"미궁 살인 맞습니다."

창하의 선언이 나왔다.

"……!"

채린과 장혁의 눈빛이 동시에 출렁거렸다. 그 순간에도 창하의 손은 계속 움직였다. 시신의 조직들이 겹치는 곳을 들춘다. 그곳에는 아직도 구더기가 일부 남아 있었다. 하나하나 꺼내 페트리디시에 담았다.

파리의 레이더는 기가 막힌다. 시신이 생기면 1시간도 되지 않아 꼬이기 시작한다. 눈, 코, 입, 항문, 성기 등 습기가 있는 곳이면 어디든 알을 깐다. 이런 식으로 시신의 어디에든 상처를 낼 수 있는 게 파리였다.

권우재가 쓸어낸 구더기까지 다 모은 후에 확대경 검사에 들어갔다.

"권 선생님은 부패의 진행과 구더기로 보았을 때 사망 시각을 14–15일 정도로 특정했어요."

채린이 도움말을 주었다.

'세 종류……'

창하가 구더기를 분류해 냈다. 구더기라고 다 같은 게 아니다. 활동 시기도 종류도 다르다. 시신이 나오면 제일 먼저 뜨는 구리금파리에 큰검정빰금파리, 그 뒤를 잇는 쉬파리… 집에서 흔히 보는 집파리는 시신을 선호하지 않지만 그중에서도 깜장파리속은 부패가 진행된 시신을 선호하기도 한다. 개중에 벼룩파리과

파리는 매장된 시신에 들어가 알을 까는 능력자도 있다.

구더기로 사망 일자를 유추하려면 법곤충학에 정통해야 했다. 일단은 구더기 중에서 가장 늙은 놈이 필요했다. 그 연장자의 성장에 필요한 요소를 더하면 답이 나온다. 여기에는 기온과 구더기의 길이까지 반영되어야 한다. 창하는 그게 가능했다.

'29일 혹은 30일 전.'

여러 종류의 구더기를 교차 계산하니 답이 나왔다. 파리의 알은 24시간이 경과하면 구더기로 부화된다. 이후 성충이 되는 데 약 2주가 소요된다. 하루에 약 1.5㎜ 정도 성장하니 출현 시기가 서로 다른 파리의 생활사를 계산해 얻어낸 성과였다.

"이 사람 나이가 77세라고 했죠?"

창하가 채린을 돌아보았다.

"예."

"실종 신고가 된 사람인가요?"

"아뇨. 전직 마라토너였는데 8년 전 이혼 후 빌라에 혼자 살아요. 그 후로 지역 마라톤 대회나 여행을 주로 다녀서 하나뿐인 아들도 그러려니 하고 있었대요."

"사망 일자는 29일, 아니면 30일 전입니다. 유튜버가 살해된 다음 날, 박상도가 체포된 직후로 보입니다."

쾅!

정확하게 산출된 창하의 선언. 핵탄두가 되어 채린과 장혁의 심장을 치고 나갔다. 결론은 박상도의 범행이 아니라는 것. 이게 사실이라면 잊혀가던 악몽 속으로 다시 들어가야 하는 것. 그러나 일단은 권우재와 창하의 사망 일자가 엇갈리는 상황이었다.

「권우재—14, 15일 전 사망. 교통사고사, 심장은 적출이 아니고 손괴」
「이창하—29, 30일 전후 사망. 살인, 심장 적출」

권우재가 맞다면 교통사고 유기로 수사하면 되었다. 그러나 창하가 맞다면 미궁 살인 대책본부를 다시 가동해야 하는 것이다.

"선생님."

채린의 목소리가 떨렸다.

바로 그때 권우재가 부검실 안으로 들어섰다. 부검 서류를 마무리하려는 행차였다. 안으로 들어선 그의 눈에 불쾌함이 스쳐 갔다.

"뭐야?"

창하를 향해 까칠한 질문이 날아왔다.

"저희가 모셨습니다. 아무래도 복수의 확인이 필요해서 말이죠."

채린이 강변하고 나섰다.

"미궁 살인 말입니까? 교통사고라고 했잖습니까?"

권우재가 각을 세우며 다가왔다 창하를 보더니 허, 하고 냉소를 뿜는다. 때리는 시어머니보다 말리는 시누이가 더 밉다고 외부 기관 직원들보다 창하가 더 눈 밖에 나는 것이다.

"그래서? 에이스 이 선생이 내가 한 부검을 검증하러 들어오신 겁니까?"

권우재의 목소리는 배배 꼬여갔다.

"죄송하지만, 이걸 한번 봐주시겠습니까?"

창하가 페트리디시를 내밀었다. 안에는 구더기 몇 마리가 꼬물거리고 있었다.

"파리의 생애주기를 이용한 사망 시각 추정 말인가? 자네 뭔가 착각하고 있나 본데 초짜는 내가 아니고 자네야."

"이상해서 그러는 것이니 한번 봐주기만 하시면 됩니다."

창하가 확대경을 내밀었다. 채린과 장혁까지 지켜보는 마당. 정중하게 청하니 대충 받아 들었다.

"나 참……."

콧김을 뿜으며 확대경을 들이대던 권우재, 눈자위에 경련이 스쳐 갔다.

"……!"

놀란 그가 어시스트들을 바라보았다. 둘은 약속이나 한 듯 고개를 숙였다. 시신에서 나온 거라는 인정이었다. 남은 한 마리를 확인하는 사이, 그 등골에 얼음이 박혔다. 소장까지 참관했기에 10여 마리를 골라 꼼꼼히 확인했던 권우재. 그가 놓친 구더기 종류가 있었던 것이다.

"그리고 이것도 말입니다."

이번에는 척추 쪽으로 말려 들어간 관상동맥이었다.

"골절된 척추뼈 뒤로 말려 들어간 게 운 좋게 눈에 띄었는데 미궁 살인 희생자들의 관상동맥 파열과 유사해 보여서 말입니다. 그렇잖아도 선생님 자문을 구해보자고 말씀드렸던 참입니다."

자문.

그 단어로 권우재의 자존심을 살려주는 창하. 권우재는 다시 확인에 돌입하는 수밖에 없었다.

"……!"

이제는 식은땀까지 흘렸다. 어찌 보면 부검은 등산과도 같았다. 올라갈 때 보이지 않은 것이 내려올 때 보이기도 한다. 그렇지 않고서야 아까는 보이지 않던 관상동맥의 흔적이 나올 리 없었다.

눈치를 차린 채린이 기존 희생자들의 이미지를 아이패드로 띄워놓았다. 조직의 연화가 아니라 압도적인 힘으로 잡아끊은 흔적.

「동종 손상」

그걸 확인하는 순간 권우재의 눈앞이 흐려졌다.

"그럼 저는 하던 부검을 마무리해야 해서……."

창하가 정중히 물러났다. 그때까지도 권우재는 시신의 관상동맥에서 눈을 떼지 못했다.

채린과 장혁은 혀를 내두르고 있었다.

선임의 잘못이었다. 댁대거리는 선임과 한판 붙을 수도 있는 장면이었다. 선임은 당연히 창하에게 깨진다. 창하의 판단은 범행 수단과 결과의 유사성, 파리의 생애주기를 기반으로 도출된 과학이기 때문이었다. 그럼에도 부드럽게 돌아갔다. 다른 기관 사람들 앞에서 상호 공방을 하느니 실수를 수정할 기회를 줌으로써 권우재의 체면을 살려준 것이다.

'이창하 검시관…….'

그 뒷모습을 보며 채린이 소리 없이 웃었다. 부검만 잘하는 게 아니었다.

권우재의 체면 세워주기.

사실 그런 의미는 아니었다. 정확히 말하면 자기색정사 부검을 떠안겼다고 오해한 것에 대한 답례에 불과했다. 그걸 갚지 않으면 똑같이 쪼잔해지기 때문이었다.

'그럴 수는 없지.'

복도를 걷는 창하의 생각이었다.

"자, 계속 진행할까요?"

창하가 자신의 부검실로 돌아왔다.

"어떤 사건인데 본청 과학수사 팀장이 혼비백산입니까?"

강력 팀장이 물었다.

"좀 난해한 시신이더군요. 변사에 손괴와 부패가 심한……."

창하가 대충 둘러댔다. 아직은 권우재의 결론이 나오지 않은 것이다.

"이제 보시죠. 여기 목 부분……."

창하는 다시 자신의 부검에 집중했다.

"의흔이 약하죠? 자기색정을 위해 극한선을 넘지 않았기 때문입니다. 그 자신도 유명인이 되었으니 흉터 노출을 꺼려 폴라티 착용을 잊지 않았죠. 그렇기에 의흔이 희미하게 남은 겁니다."

창하가 디자이너의 목을 가리켰다.

"그리고, 여기 이 아문 상처들… 이게 바로 진구성 손상입니다. 과거에도 이런 자위를 즐겼다는 증거로 볼 수 있죠."

"……."

"마지막으로 쿠퍼액입니다."

창하가 재물대의 슬라이드를 가리키며 말을 이었다.

"아시다시피 쿠퍼액은 사정 때 나오는 물질입니다. 디자이너가 자기색정을 마치고 욕조에 들어갔다는 방증이 될 수 있죠. 교차확인이 필요한 이유는 시신 경직 현상에 의해서도 정액이 나올 수 있기 때문입니다. 음낭의 거고근이 강직되면 고환을 압박하게 되니 연결 작용으로 전립선의 근섬유에서도 경직이 일어나 정액이 배출되는 겁니다. 그래서 자기색정사의 확인이 필요했던 겁니다."

"……."

"다행히 자기색정사가 확인되었으니 혹시라도 당시 욕조의 물을 증거로 보관해 두었다면 원심분리를 해서 정자를 볼 수도 있을 겁니다. 물이 많다면 그만한 인내심이 요구되겠지만요."

"……."

"이제 마무리할까요?"

창하가 부검 종료를 선언했다.

「사망의 원인—미주신경 질환에 의한 건성 익사」

「사망의 종류—사고사」

창하의 결론이었다.

"선생님."

시신이 나가자 광배가 의아한 표정을 지었다. 부검 어시스트로 평생을 보내온 그. 뭔가 개운치 않은 것이다.

"두 분만 알고 계세요. 실질 사인은 자기색정사였습니다."

"자기색정사요?"

광배보다 원빈이 더 놀랐다.

"우 선생은 그런 사인 처음이지?"

광배가 원빈을 바라보았다.

"그게 그건가요? 성적 쾌감을 위해 자기 목을 매는 거?"

"맞아요."

창하가 고개를 끄덕였다.

"으아, 자위를 위해 목을 매달다니……."

원빈이 몸서리를 쳤다.

"목을 조이면 뇌로 가는 혈류가 줄어들잖아요. 그때 저산소증이 일어나는데 그게 환각과 비슷해지는 거죠. 사례를 보면 굉장히 다양합니다."

"그러니까 디자이너도 익스트림 딸딸이를 즐기다 선을 넘은 거군요."

딸딸이.

적나라한 단어에 창하와 광배가 쿡 웃음을 머금었다.

"으음… 죄송합니다. 마스터베이션 같은 말도 있는데 품위 없는 말을 써서."

원빈이 목덜미를 긁었다.

"그래도 그렇지, 섹시 아이돌들하고 톱스타들만 상대하는 사람이 뭐가 아쉬워서?"

"그래서 더 센 자극이 필요했나 보지. 미녀들 틈에서 살지만 정작은 금욕적 태도를 지켜야 하잖아? 그림의 떡… 요즘 한눈 잘못 팔면 한 방에 훅 가는 세상이니……."

"우워어, 나는 그런 미녀들과 함께 있으면 섹스 같은 거 안 해도 행복할 거 같은데……."

"장담하지 마라. 세상일 모른다."

광배의 말을 끝으로 자기색정사에 대한 논의(?)가 끝났다.

"아무튼 디자이너의 부인은 행운이네요. 선생님 같은 부검의를 만나서……."

광배가 웃었다.

"두 분이 어시스트를 잘해준 덕분이죠 뭐."

창하는 자신의 보람을 두 사람과 나눴다.

"그나저나 권 선생님이 하던 부검은요? 경찰청 차 팀장이 선생님 찾는 거 같던데?"

"제가 잠깐 봤는데 권 선생님이 잘 마무리하실 것 같습니다. 관록이 있잖아요."

그 말이 끝나기도 전에 인터폰이 울렸다.

"이 선생, 부검 끝나는 대로 내 방으로 오시게."

소장의 목소리는 무거웠다.

제11장

—

최초의 목격자

"코드 제로."

소장이 창하를 바라보았다. 권우재에 피경철, 그리고 채린과 장혁이 배석한 자리였다.

"권 선생이 내린 부검 사인일세. 자네도 조언을 줬다고?"

"……."

"이 결과가 확실한가?"

"권 선생님이 내린 사인 분석이라면 확실하지 않겠습니까?"

창하는 권우재에게 힘을 실어주었다.

"자네 생각도 필요하네. 다시 코드 제로로 돌아가야 하는 일이야."

"권 선생님 사인 분석에 한 표 던집니다."

"코드 제로로군?"

"범행 시기와 심장 적출, 범행 지역, 희생자의 나이가 암시하는 게 모두 일치합니다."

"범행 지역?"

"팀장님, 파악 끝났으면 설명하시죠?"

창하가 채린을 바라보았다.

"강서구에서도 서쪽에 속하는 지역에서 발견되었으니 서쪽 맞습니다."

채린이 아이패드를 보며 답했다.

"그런데 서쪽은 어떤 이유인 겁니까? 범인의 취향입니까?"

"이 선생님 해석인데 달을 상징하는 9차 마방진 때문입니다. 해는 동쪽을 상징하고 달은 서쪽을 상징하거든요."

"하지만 사망의 원인은 교통사고 유기에 가까워요. 전형적인 보행자 손상의 기전과 닮았지 않습니까?"

"교통사고는 제 착각이었던 것 같습니다. 다시 확인해 보니 범퍼 손상이라기엔 애매하고, 삼차 손상은 확인이 어렵습니다."

이번 대답은 권우재였다.

"박상도가 체포되기 전에 죽였을 가능성은?"

소장이 최종 질문을 날렸다. 창하를 바라보지만 창하는 오히려 그 시선을 권우재에게 돌렸다. 이 부검의 집도의는 누가 뭐래도 권우재였다.

"검정파리의 생활사로 보아 박상도가 체포된 직후로 보입니다."

"끄응."

소장이 이마를 짚는다. 그 한숨으로 코드 제로를 인정하는 소장이었다.

"배 경위, 비상이다. 일단 우리 팀부터 코드 제로 하달하고 비상 체제 가동해."

복도로 나온 채린의 목소리가 천둥을 울렸다.

"센터장님, 차 팀장입니다. 변사체가 미궁 살인으로 밝혀졌습니다. 청장님께 보고드려 주십시오. 예, 이창하 검시관에게도 확인을 받았습니다. 유감스럽게도 박상도 외의 범인이 저지른 것 같습니다."

건물을 나온 채린이 다시 핸드폰을 눌렀다. 그러자 주차장 쪽에서 창하의 목소리가 날아왔다.

"차 팀장님."

"저 기다린 거예요?"

차량으로 다가온 채린이 물었다.

"현장 갈 거잖아요? 아닌가요?"

"아뇨. 가야죠."

"그럼 가시죠."

"지금 가실 수 있으세요?"

"아니면요? 보아하니 당장 숨넘어갈 태센데……."

"그건 맞아요. 코드 제로가 다시 떨어질 판인데 어떻게 안 그러겠어요. 타요."

채린이 운전석 문을 열었다.

"야, 차 팀장, 현장 가냐?"

그제야 건물을 나온 장혁이 소리쳤다.

"선배가 길 좀 터. 검찰 덕 좀 보자."

채린이 안전띠를 당겼다.

"젠장, 숨 좀 돌리나 싶었는데… 다시 전쟁이네요."

채린은 서두르고 있었다. 그러나 전화가 그녀를 그냥 두지 않았다. 과학수사센터에서 오고 높은 사람들과 관할 경찰서에서도 걸려왔다.

"코드 제로 상황이라고요. 인력 풀 가동해서 주변 수색하고 현장 보존 제대로 하세요. 지금 가요."

전화를 끊은 채린이 가속기를 밟았다. 장혁의 차는 벌써 정문을 빠져나가고 있었다.

"우리 청장님, 아직 사표 수리 안 되길 다행이네요."

커브를 돌던 채린이 말했다.

"그게 그렇게 되나요?"

"아니면요? 그분만큼 우리 실드 쳐줄 사람도 없거든요."

"그럼 못 나가게 막아야 하는 거 아닌가요?"

"소용없어요. 그분은 한다면 하는 분이거든요. 아이, 씨… 우리 선배 왜 저 모양이야?"

결국 마음 급한 채린 차가 앞으로 치고 나갔다.

차는 10여 분 만에 과해동 현장에 닿았다. 공장 이전으로 빈, 공터 너머의 숲이었다. 거기 야산이 보였다. 숲 옆으로 작은 호수가 펼쳐진다. 산책객들도 적지 않다. 폴리스 라인은 서편의 작은 오솔길부터 시작되었다.

"여기예요."

채린이 변사체 발견 장소를 가리켰다. 장소는 스프레이로 표기가 되었다. 안으로 깊이지는 숲, 키가 훌쩍 큰 개나리와 화살나무 뒤의 구덩이였다.

'역시…….'

난폭했다. 알 수 없는 광기와 원한이 사무치는 느낌… 다른 현장과는 느낌이 달랐다. 오죽하면 미궁 살인이 아닌 것일까 싶은 생각까지 드는 창하였다.

발견자는 어린이였다. 호숫가에서 날리던 드론이 바람에 휘말리고 말았다. 드론이 추락하는 방향으로 따라온 게 여기였다. 화살나무 숲을 뒤지다 구덩이를 발견했다. 거기서 주저앉고 말았다.

까악!

아이의 비명이 아직도 들릴 것만 같았다.

구덩이는 잡풀이 무성했다. 창하가 그 안으로 들어섰다. 꽤 넓었다. 높이는 때로 완벽한 장벽을 만든다. 주변보다 낮은 구덩이 안에서는 모든 게 멀어 보였다.

"……?"

바닥을 살피던 창하가 자세를 낮췄다. 풀 사이로 바위가 드러났다. 다시 일어나 구덩이의 구조를 본다. 혈흔이 발견된 자리를 파악한 후에 희생자의 자리에 누워보는 창하.

'그렇군.'

누워보니 바닥의 굴곡이 제대로 느껴졌다.

"고관절과 척추, 두개골 후면의 손상을 알 것 같습니다."

바위와 혈흔의 간격을 체크한 창하가 말했다.

"어떻게요?"

"심장을 적출한 후에 집어 던졌습니다. 바로 이 자리입니다. 흙 아래 바위 보이죠? 고관절은 여기, 등 쪽 경추는 여기, 그리고 머리는 여기에 충격됩니다. 발견 당시의 자세를 보면 그림이 될 겁니다."

"아."

채린이 탄식을 했다. 풀과 흙에 살짝 숨어 있는 바위를 보니 이해가 된 것이다.

"하지만……."

약간의 의문도 있었다. 집어 던져서 생긴 손상이라기엔 구덩이가 너무 낮아 보였다.

"괴력이잖습니까? 잡아서 패대기만 쳐도 그 정도 손상은 나올 겁니다."

창하의 해설이 채린의 의문을 지워 버렸다.

"뭐 좀 나왔어?"

그사이에 장혁이 합류했다.

"신원 파악은요?"

창하가 채린에게 물었다.

"안병수, 우장산 노장마라톤회 부회장."

"흐어, 우리 이 선생님 말대로면 남은 둘이 살육을 이어간다는 건데……."

장혁이 하늘을 보았다. 다시 보름 즈음이었다.

"일기예보 보니까 계속 맑을 거라던데 며칠 비상령 내려야겠어."

채린의 표정도 무겁다.

순간, 채린의 핸드폰이 요란하게 울렸다.

"뭐라고? 박상도?"

통화하는 채린의 미간이 구겨진다.

"뭐야? 박상도에게 문제라도 생겼어?"
장혁이 물었다.
"굉장히 위독하다네요. 같이 가보실래요?"
채린이 창하를 돌아보았다.

척!
병실 복도의 경비 경찰이 거수경례로 채린을 맞았다.
"팀장님."
먼저 도착한 배 경위가 채린에게 달려왔다.
"위독하다고?"
"예, 들어가 보시죠."
배 경위가 병실 문을 열었다. 안으로 들어서기 무섭게 박상도가 보였다. 그러나 거기 누운 건 박상도가 아니었다. 훤칠한 키에 순박한 이미지의 쾌남. 처음 본 사람도 경계심을 풀 듯하던 꽃미남 박상도는 거기 없었다. 그저 고사되어 가는 병자가 있을 뿐.
"어떻게 된 겁니까?"
채린이 지정의에게 물었다.
"보시다시피… 병명은 우리도 모릅니다. SS의료원에도 자문을 구했는데 고개를 젓더군요."
의사가 말하는 사이, 창하가 진단 기기들을 바라보았다. 살인마지만 인간의 탈이다. 그러니 온갖 생명 유지 장치들이 어지러웠다. 그러나 그의 바이털사인은 역시 일반인과 달랐다.
"원래도 다운에 다운이었지만 어제부터 급격하게 악화되었습니다. 비정상적으로 높던 생체자기 수치도 거의 제로 가깝게 떨어졌고… 아무래도 이삼 일 넘기기 힘듭니다."

"……"

채린이 창하를 돌아본다. 창하가 의사 앞으로 나왔다. 박상도의 시선은 허공이었다. 눈에는 이미 지향이 없었다. 무의식중에 메스를 꺼냈다. 반응을 보려는 것이다. 그걸 가슴 얼굴 가까이 대자 박상도의 어깨가 꿀럭거렸다. 목숨은 경각이지만 백택의 공포는 감지하는 모양이었다.

"혹시 누가 다녀간 적은 없을까요?"

창하가 혼자 중얼거렸다.

"경찰 관계자 외에는 없어요. 복도에서 신분 확인을 하고 있거든요. 의료진도 허가받은 사람이 아니면 들어오지 못하게 하고 있어요."

"그렇군요."

창하가 걸었다. 창문 쪽이었다. 뒤뜰의 나무와 공터가 보였다.

'응?'

뭔가를 느낀 창하가 문을 향해 돌아섰다.

"이 선생님, 왜요?"

"잠깐만요, 뭣 좀 확인할 게 있어서요."

창하가 뛰었다. 건물 뒤편의 공터로 나왔다. 병실이 빤히 바라보였다.

"선생님."

채린이 쫓아 나왔다.

"병실에는 못 들어오죠. 하지만 여기라면 누구나 올 수 있었겠죠?"

"그야……."

"여기 관리자 좀 불러주세요. 미화원들이라도."

"꽃이요."

잠시 후에 불려온 시설 관리자와 미화원들 중의 한 사람에게서 지난 기억이 흘러나왔다.

"저 범인 입원하고 며칠 뒤였었어요. 아침에 낙엽을 끌어모으는데 흰 꽃이 놓여 있더라고요. 그것도 두 다발이나……."

"무슨 꽃이었죠?"

창하가 물었다.

"흰 모란이었어요. 제가 모란을 좋아하고 아직 싱싱하길래 우리 대기실에 며칠 꽂았다가 버렸어요."

'모란…….'

모란은 심인심비(沁人心脾)라 해서 그 향이 심장과 비장에 스며든다는 말이 있다. 심장만 적출하는 살인마들과 연결될 수 있는 꽃이었다.

"어떻게 놓였던가요?"

"여기 이 바닥에 거칠게요."

"잠깐만요."

창하가 건물을 따라 뛰었다. 오면서 보았던 쓰레기장 때문이었다. 거기 버린 조화가 많았다. 닥치는 대로 몇 개를 뽑아 들었다.

"꽃이 있던 대로 놓아보세요."

창하가 재연을 요청했다. 꽃 하면 추상적이다. 그러나 형체를 갖춘 꽃다발은 다르다. 꽃을 받아 든 아주머니, 잠시 생각하더니 바닥에 내려놓았다. 꽃송이가 박상도의 유리창 쪽이었다. 그런데, 두 꽃다발의 거리가 좀 멀었다.

"확실한가요?"

창하가 확인에 나섰다.

"네."

"전에도 이런 일이 있었나요?"

"아뇨, 처음이에요. 대개는 환자를 못 만나게 되면 대기실 같은 데 두고 가거든요."

"그 꽃은 어떻게 되었을까요?"

"소각되었을 거예요. 벌써 한 달이 가까우니……."

"그럼 혹시 여기 서성이던 사람 본 사람은요?"

창하가 다른 사람들을 돌아보았다. 뒤뜰은 일반인이 자주 오가는 곳이 아니었다. 누군가 목격자가 있을 수 있었다. CCTV는 소용없지만 사람의 눈에는 보이는 살인마들이니까.

"내가 본 것 같기는 한데……."

50대 후반의 아줌마가 자신감 없는 목소리로 중얼거렸다.

"어떻던가요?"

"오래전 일이라 가물가물… 젊은 여자 같은데 선글라스를 썼어요. 그러고 보니 꽃다발을 들고 있었던 것 같기도 하고… 아유, 꽃은 웬만하면 다 들고 오는 거라……."

"한 사람이던가요?"

"그랬어요."

"천천히, 생각해 보세요. 어떻게 생겼는지, 키는 얼마인지……."

"다른 건 몰라도 굉장한 미인 같았어요. 주먹만 한 선글라스에도 불구하고 한눈에 확 들어왔으니까."

"키는요?"

"작은 편은 아니었어요."

"나이는 얼마나 될까요?"

"그게 가물거리네요. 20살? 25살? 30살? 아유, 요즘 젊은 여자들은 40대도 20대로 보이는 여자가 많아서……."

"꽃은요? 두 다발이었나요?"

"꽃은 자세히 안 봐서……."

"됐습니다. 일단 돌아가 계세요."

"선생님."

사람들이 돌아가자 채린이 창하를 바라보았다.

"코드 제로, 정식으로 발령되었나요?"

"아직요, 청장님 결재가 필요한 사인이라 결재 중일 겁니다."

"그럼 그거 조금만 유보하고 아까 그 목격자 두 분의 상세 진술부터 받으시죠. 기억이 가물거린다니 법최면 시도하면 성과가 날지도 모르겠습니다."

"짚이는 게 있으시군요. 그것부터 말씀해 주세요."

"제가 보기엔……."

꽃이 놓였다던 바닥을 바라보던 창하, 이제는 창을 보며 말을 이었다.

"남은 살인마가 왔던 것 같습니다. 하나, 아니면 둘 다… 꽃을 놓은 건 작별의 뜻 같네요. 의미 없을 수 있겠지만 족적 검사를 지시해 주세요."

창하가 꽃다발이 놓였던 주변을 가리켰다.

"방금 아주머니 말로는 한 사람이라고 했잖아요?"

"하지만 꽃이 둘이에요. 누군가 또 왔다고 해도 못 볼 수도 있죠. 여긴 왕래가 적은 곳이니……."

"그런데 작별이라면?"

"신출귀몰한 행적이 꼬리를 밟혔어요. 한 명이 검거되었고 몸이 고사되기 시작합니다. 그걸 느꼈을 거예요. 그러니까 꽃은 애도이자 잠적의 표시로 보입니다."

"잠적?"

"오늘이 음력 14일이죠? 날씨는 주말까지 계속 맑을 거라고 나왔고……."

"네."

"어쩌면 심장 적출 사건은 일어나지 않을 것 같습니다. 적어도 당분간은."

"선생님."

"그럼 일단 법최면부터 해보자고. 몽타주를 얻을 수도 있잖아."

장혁이 창하에게 힘을 실어주었다.

제12장

—

법최면의 세계

Red sun!

최면을 거는 구호다. 이 주문을 외우면 누구나 최면에 빠진다. 까마득한 기억을 술술 꺼내준다.

그러면 얼마나 좋을까?

법최면은 최면이나 마법이 아니다. 그런 일은 결코 일어나지 않는다. 법최면의 핵심은 베타파에서 세타파로 유도해 가는 과정에 있다. 베타파는 정신이 멀쩡할 때 나타나는 파장이고 세타파는 명상을 하거나 졸릴 때 나타나는 파장이다. 바로 이 세타파 때 긴장이 이완되면서 특정 사건에 대한 회상, 정확성, 확신성을 증폭시키는 것이다.

그러나 몇 가지 전제 조건이 필수적이다. 그 첫째가 라포 형성이다. 이는 대상자와 법최면 전문가 사이의 신뢰와 친밀감을 뜻

한다. 믿음이 형성되지 않으면 최면 수사는 물 건너 가버린다.

두 번째 조건은 대상자의 지적 수준과 건강 상태다. 최면은 대상자와의 대화에 기반하는 까닭에 어휘력이 달리는 사람이거나 언어 이해력이 낮은 사람은 법최면이 어렵다. 기타 고령이거나 너무 어린아이도 곤란하다. 당연히, 정신질환이 있는 사람은 대상자가 될 수 없다.

법최면의 활용은 몽타주 작성으로 연결된다. 그렇기에 몽타주 전문가 역시 호출이 된 상태였다.

법최면은 배 경위가 투입되었다. 그녀는 프로파일러인 동시에 경찰청을 대표하는 법최면 전문가의 한 사람이었다.

일단 두 아주머니와 함께 차를 마시며 소소한 이야기를 나눈다. 경찰병원의 흉도 보고 한직의 애로도 들어준다.

계약직으로 있는 아주머니들은 맺힌 게 많았다. 차별 대우가 그랬다. 점심 식사를 할 때도 구내식당에서 눈치가 보인다는 거였다. 높은 사람만 오면 하루에도 몇 번씩 쓸고 닦아야 하는 애로도 만만치 않았다.

"그 안마 의자 같은 거나 하나 휴게실에 놔줬으면."

두 아주머니의 소박한 소망이었다.

"제가 놔드릴게요."

배 경위가 즉석 약속을 했다.

"참말인가요?"

다섯 살 위의 아주머니가 확인에 들어갔다.

"협찬 들어온 거 있거든요. 필요하시면 문서로 써드릴게요."

배 경위가 종이를 꺼냈다. 워드는 생략하고 사인펜으로 썼다.

서명까지 해주니 라포 나무에 열매가 맺혀갔다.

"굉장한데요?"

참관실에서 지켜보던 창하가 혀를 내둘렀다. 아주머니들 대하는 게 보통이 아니었다.

"배 경위가 심리학 전공이잖아요? 프라이드가 높았는데 선생님 앞에서는 찍, 이에요."

"찍?"

"박상도 때문이죠. 그때 자백 받아낸다고 의기양양 들어갔다가 사기 침체되어 나왔고 심기일전해서 재시도했지만 다시 전의 상실. 그런데 선생님이 단칼에……."

"……."

대화하는 사이에 첫 법최면이 시도되었다. 우선순위에 따라 사람 목격자가 먼저였다. 안락의자에 앉은 목격자가 세타파로 넘어갔다.

"레드 선."

배 경위의 큐 사인이 떨어졌다.

"어머니."

배 경위의 첫 목소리가 나왔다. 정답고 부드러웠다.

"오늘은 24일 오후입니다. 기억나시죠."

24일은 양력이다. 박상도가 입원한 며칠 후였으니 음력으로는 21일이 되는 날이었다.

"으음……."

아주머니가 반응을 했다.

"이날 오후에 뭐 하셨어요? 바쁘셨나요?"

"예."

"무엇 때문에 그렇게 바빴을까요?"

"높은 사람들… 누가 온다고 환경 미화하라고……."

"누가 왔어요?"

"경찰청에서 높은 분… 기자들도……."

"힘드셨겠네요."

"예……."

"그 오후에 건물 뒤로 가셨죠?"

"건물 뒤……."

"거기서 예쁜 여자를 만났다면서요?"

"아……."

"얼마나 예뻤어요?"

"아주… 우리 병원 노 간호사보다 더……."

"잘했어요. 이제 천천히 그 여자를 떠올려 보세요. 아주 천천히……."

"예뻐……."

"여자에게서 뭐가 보이죠?"

"푸른색 옷? 그리고 꽃다발?"

"무슨 꽃인지 알겠어요?"

"가만… 아, 흰 목단."

"한 다발인가요, 두 다발인가요?"

"한… 다발……."

"그 여자가 어딜 보고 있나요? 어머니를 보나요?"

"아니, 병원 창문……."

"몇 호실 같아요?"

"별관 3층? 4층?"

별관 3, 4층. 박상도의 병실은 404호였다.

"여자는 한 명인가요?"

"응, 한 명……."

"잘하시네요. 키는 어때요?"

"커, 시원해."

"그럼 이제 얼굴 좀 볼까요? 보이는 대로 말씀해 보세요."

"얼굴… 머리카락은 어깨까지… 선글라스도 코까지 내려와. 이마는 훤하고 콧날은 오뚝……."

"형태는 어때요?"

"갸름해… 그런데……."

거기서 아주머니가 경련을 보였다.

"잠깐만요. 괜찮아요. 편안하게… 편안하게……."

배 경위가 아주머니의 손을 잡아주었다. 불안하던 파장은 다시 세타파로 넘어왔다.

"다시 시작할게요. 아까 그 여자 얼굴부터요."

"……."

"특별한 건 보이지 않나요? 점이라든가 흉터라든가?"

"달덩이처럼 훤한데… 차가워."

재미난 표현 하나가 창하 귀에 꽂혔다.

"왜 차갑죠?"

"그냥……."

"귀는 보이나요? 어떤가요?"

"작고 아담. 동글동글?"

"이는요?"

"그건 안 보여……."

거기까지 끝내고 몽타주 전문가를 바라보는 배 경위. 그가 고개를 끄덕이자 마지막 코스로 들어갔다. 법최면은 시작과 끝이 다 중요한 스킬이었다. 대충 깨우면 두통과 오바이트를 느낄 수 있다. 그렇기에 시작할 때 못지않은 세심함이 필요했다.

"계속합니다."

아주머니가 나가자 배 경위의 사인이 나왔다. 채린의 마음이야 좀 쉬었다가 하라고 말하고 싶었지만 밀어붙였다. 그만큼 심각한 상황이었다.

"레드 선!"

두 번째 법최면을 거는 목소리는 조금 더 부드러워졌다. 배 경위의 몸이 풀린 것이다.

꽃다발은 두 개였다. 새로운 사실이 나왔다. 꽃다발의 포장지가 달랐다는 것. 하나는 노란색이었지만 다른 하나는 푸른색이었다. 꽃을 묶은 끈도 달랐다. 하나는 녹색 종이를 감은 철사였고 다른 하나는 붉은 종이를 감은 철사였다. 둘 다 모란꽃인 건 맞지만 송이의 크기와 구성도 달랐다. 한 꽃다발은 10송이였고 또 하나는 6송이였던 것.

꽃송이의 방향은 박상도의 창문 쪽이 맞았다. 두 다발이 다 그랬다. 두 꽃의 거리는 약 1m였다.

"수고했어."

법최면을 마치고 나오는 배 경위를 채린이 격려했다.

"몽타주 견본 아직 안 나왔나요?"

배 경위는 업무부터 챙겼다.

"저기 오네."

채린이 고개를 들었다. 몽타주 전문가가 다가오고 있었다.

"……!"

창하와 채린, 장혁의 반응은 붕어빵처럼 비슷했다. 미녀였다. 아이돌이나 미스코리아 같은 미녀 한 사람을 골라 선글라스를 씌워놓은 것 같았다. 특징은 역시 무척 선량해 보인다는 것.

몽타주를 구했지만, 선글라스 실드가 옥의 티. 딱 절반의 몽타주였다.

"어때요?"

목격자를 불러다 확인에 들어갔다.

"비슷하네요."

고개를 끄덕인다. 하지만 전격적인 반응은 아니었다.

"마음에 안 드는 데가 있나요?"

몽타주 전문가가 물었다.

"분위기가 좀……."

아줌마 고개가 갸웃 기울었다.

"미안하지만 표정을 좀 바꿔주실 수 있을까요? 공포를 참는 모습과 분노하는 모습… 두 가지를 첨가해 보면 좋겠습니다."

"그렇게 해주세요."

창하의 의견에 채린이 답했다.

"아, 이 분위기가 비슷하네요."

추가 몽타주가 나오자 아줌마가 하나를 골랐다. 공포 쪽이었다. 선글라스 때문에 확연하지는 않지만 구분이 되는 그림이었다.

[미인형 원판+공포 분위기+그걸 가리는 잠자리 선글라스]

이 셋이 그림으로 표현되니 절묘함의 극치가 따로 없었다.

"공포요?"

채린과 장혁이 동시에 반응했다.

"완벽한 줄 알았는데 검거가 된 박상도. 그게 기폭이 된 겁니다. 게다가 저렇게 죽어가니 겁을 먹은 거죠. 도피하면서 마지막으로 다녀간 건지도 모르겠습니다."

잠적.

창하의 판단은 그쪽으로 기울었다.

범죄면이 진행되는 동안에 경찰병원 CCTV를 체크하고 꽃다발에서 DNA를 추출했다. CCTV는 소득이 없었다. 하지만 DNA 중의 하나가 22층 유튜버 살인 현장에서 나온 것과 같았다. 꽃다발을 놓고 간 여자가 범인 중의 하나라는 건 자명해졌다.

"나 참, 이게 무슨 반전이래? 어쨌거나 미궁 살인마들은 다 미남 미녀라는 거잖아?"

장혁이 탄식을 했다.

"그래서 사람들이 넋 놓고 당하는 겁니다. 박상도 같은 사람이, 이런 여자가… 웃으며 다가오면 뭐라고 하겠어요? 그냥 당하는 거죠."

"꽃은 두 다발이 맞는 것 같군요."

"그것도 서로 다른 곳에서 구입한 것."

채린의 말 위에 장혁의 의견이 더해졌다.

"경찰병원 인근의 꽃가게 전부 뒤져볼게요. 대략이나마 몽타주가 나왔으니 소득이 나올 거 같네요."

"둘은 시간을 달리해서 찾아온 것 같습니다. 잠적인지 아닌지는 이번 보름이 지나면 판가름이 날 겁니다."

"그렇다면 완전 잠적일까요, 아니면 일시적일까요?"

"그건 저도……."

"선생님 분석을 기초해 희생자들이 나온 구역을 지오프로스에 입력해 얻은 값이 있습니다. 박상도의 구역은 제외하고 남은 두 구역에서 반경을 잡아 갑호 비상령에 준하는 순찰과 경계를 하도록 요청하겠어요. 아, 혹시 외국으로 튀었을지도 모르니 선배는 출입국 사무소 좀 체크해 줘."

"오케이. 운 좋으면 얼굴 기억하는 사람이 있을지도 모르지."

채린과 장혁의 호흡은 척척이었다.

몽타주.

창하 손에 남은 건 몽타주의 카피본이었다.

바스락.

늘 품고 다니는 메스를 꺼내 들었다. 몽타주에 대니 손잡이의 백택 조각이 더 성성해지는 것 같았다.

3일.

그 안에 심장 적출 사건이 일어나지 않는다면 두 살인마는 잠적한 게 맞을 것 같았다. 박상도를 보고 놀란 것이다.

이렇게 다시 60년이 지나가게 되는 걸까? 마음 같아서는 둘

다 체포해 비극을 종식시켜야 하는 창하…….

일단은 3일 동안 지켜볼 수밖에 없게 되었다.

그날 밤은 무사히 넘어갔다. 전국 각지에서 살인사건 자체가 없었다. 그러나 출입국 사무소 체크는 무용지물로 끝났다. 성형 강국 대한민국이었으니 얼굴 잘생긴 여자가 한둘이 아니다. 몽타주를 기억하는 출입국 직원은 없었다.

둘째 날 밤에도 심장 관련 살인사건은 일어나지 않았다.

'이제 하루…….'

아침 일찍 일어난 창하가 달력을 보았다. 하루만 지나면 창하의 예감이 적중하는 것이다. 살인마들의 잠적이었다. 치약을 묻혀 세면장으로 들어갈 때 핸드폰이 울렸다.

—선생님.

열혈 경찰 차채린이었다.

"터졌습니까?"

양치를 멈추고 물었다. 사실은 호흡도 정지 상태였다.

—아뇨.

그녀가 답한다. 후아, 창하가 일단 숨을 돌렸다.

—박상도가 사망했어요. 오늘 새벽 4시 45분.

"예?"

—부검하셔야죠?

"……?"

—유족 동의 받았어요. 국과수에도 접수를 했고, 조금 후에 시신이 도착할 겁니다.

"예……."

—그럼 국과수에서 뵈어요.

딸깍!

채린의 전화가 끊겼다. 창하가 거울을 보았다. 입에 묻은 치약 거품 따위는 신경도 가지 않았다.

박상도.

미궁 살인마가 세상을 떴다. 어쩌면 예정된 일이었다. 어쨌든 박상도가 사망하니 두 가지 기분이 달려들었다.

이 땅에서 미궁 살인은 끝났다.

아니, 잠시 동안의 휴지기 후에 더 처참한 살극이 펼쳐질 것이다.

생각이 깊어질 때 다시 핸드폰이 울렸다. 화면에서 자동 문자가 다급하게 반짝거렸다.

[검시관 전원 긴급 응소 바람]

제13장

—

원샷으로 날아간 목숨

"……!"

국과수 앞은 아수라장이었다.

기자와 방송국 차량은 물론이고 일반 시민까지 수백 명이 몰려와 있었다. 미궁 살인마의 사망. 그걸 확인하러 몰려온 것이다.

"이창하 검시관이다."

창하가 다가서자 기자들이 몰려들었다.

"이 검시관께서 부검하는 겁니까?"

"강철 인간으로 불리던 박상도가 왜 갑자기 사망했다고 생각합니까?"

단숨에 수십 개의 마이크가 달라붙는다.

"비켜요, 물러서세요."

포위망은 채린이 뚫어주었다. 배 경위와 은 경사까지 동원하고 나서니 기자들은 맥을 추지 못했다.

"이쪽으로요."

채린이 창하를 인도했다.

"오늘 메스 잡는 건가요?"

보폭을 넓히며 묻는 채린.

"그 결정은 제 권한이 아닙니다."

"그렇군요."

채린이 현관 앞에서 걸음을 멈췄다.

"이 선생."

복도에 들어서다 피경철을 만났다.

"좀 늦었습니다."

"아니야. 나도 방금 왔다네."

대충 인사를 나눌 때 방송이 흘러나왔다.

—검시관 선생님들은 전원 소장실로 모여주시기 바랍니다. 다시 한번 말씀드립니다. 검시관 선생님들은…….

"가세."

피경철이 앞서 걸었다. 각 방에서 검시관들이 나오고 있었다.

소예나가 나오고 권우재가 나온다. 지한세와 길관민도 합류한다. 검시관들은 한결같이 비장한 얼굴이었다.

"집도는 이창하 선생이 맡으시게나."

소장의 한마디로 집도의가 결정되었다. 몇몇 검시관들 인상이 구겨졌지만 결정은 번복되지 않았다.

"파이팅이에요."

부검실 복도, 채린의 응원을 받으며 입실했다. 소장 이하 검시관들도 뒤따라 들어섰다. 박상도의 특이한 증상과 능력 때문에 원로급 객원 검시관 셋이 더해졌다. 그중 한 사람이 송대방 교수였다. 기타 유전공학 전문가와 경찰과학수사센터장에 유족 대표 한 사람. 부검대 주변에 둘러서니 병풍을 두른 듯 많았다.

"오전 9시 15분, 박상도 부검 시작합니다."

창하의 선언이 떨어졌다.

딸깍!

원빈이 전원을 내렸다. 어둠 속에서 박상도의 시신을 보았다. 파리한 여덟 링이 보였다.

그것들은 이제 부서지기 전이었다. 메스를 꺼냈다. 심장 부위에 대니 백택이 으르릉거린다. 백택은 시신의 가슴에 어리는 여덟 링을 씹어 삼킬 기세였다.

딸깍!

다시 불이 들어왔다. 어떻게 보면 시랍화에 미라화까지 겹친 것처럼 말라 버린 박상도…….

일단 외표 검사부터 시작했다.

경찰청에서 창문을 향해 몸을 날리다 입은 상처와 정맥 주사기의 흔적까지 빠짐없이 기록했다. 그런 다음 안구에서 유리체

액을 뽑았다. 수분이 빠져나간 조직 탓인지 안구가 빳빳해 주사기 넣기가 힘들었다. 하지만 방성욱의 경험치가 해결해 주었다. 왼손가락으로 적절한 압력을 행사하면서 체액 확보에 성공한 것.

다음은 샘플 혈액이었다. 일단 시신을 절개하면 혈액이 중력에 따라 이동하므로 미리 채취할 필요가 있었다. 대개는 쇄골 뒤의 정맥에서 시도하지만 창하는 처음부터 대퇴정맥을 택했다.

온몸이 말라붙은 것으로 보아 혈액량도 많지 않을 걸로 판단한 것이다.

이 판단이 옳았다. 대퇴정맥에서 주사기에 맺힌 혈액량이 그랬던 것.

"……!"

메스를 대니 표피가 엄청나게 질겼다. 마치 나무껍질을 베는 것 같았다.

창하의 부검은 완전히 교과서적이었다. 이 술식을 택한 건 차후에라도 흠을 잡히지 않으려는 판단이었다.

"으음……."

권우재보다 놀라는 사람은 송대방 교수였다. 짧은 시간 동안 창하는 변했다. 그 자신도 넘보기 힘든 부검 술식을 선보이고 있는 것이다.

복막의 상위 내부는 다섯 구역으로 나누었다. 각각의 장기를 체크하고 폐를 둘러싸고 있는 공간의 액체를 확인한다. 액체량은 굉장히 적지만, 맑았다.

'심부전…….'

단서 하나를 잡는다. 액이 맑으면 심부전 쪽이고 초록색이면 감염의 지표가 된다.

혈액이 뭉쳐 있다면 외상을 의심할 수 있었다. 심장을 보니 보통 사람의 절반으로 줄어들었다. 색은 갈색을 띠고 관상동맥 역시 최악의 경화를 보인다. 석회화와는 다른 양상이었으니 창하 눈에는 고사였다.

그러나 기이했다. 경화의 출발점은 심장. 백택 조각이 닿았던 곳에서부터 말단으로 진행해 나간 것이다.

찰칵!

사진을 찍고 뇌를 열었다. 뇌가 나오니 사방에서 신음 소리가 났다.

"아……."

뇌는 본래 젤리처럼 말랑거린다. 그러나 박상도의 뇌는 그 크기부터 반 이상으로 줄었고 형체 또한 쫄깃하게 졸아붙은 형상이었다.

이는 식물인간 환자가 사망했을 시의 뇌와 유사했다. 다른 점은 레스피레이터 뇌처럼 썩어가는 느낌이 깃들었다는 것. 레스피레이터 뇌는 뇌사 후에 인공호흡 장치로 심장 기능이 유지되는 환자의 뇌에서 보이는 현상이었다.

찰칵!

카메라가 작동했다.

마무리는 박상도의 팔이었다. 횡경막을 뚫고 들어가는 강철의 손. 그게 궁금했으니 모두의 시선이 한마음이었다. 어깨부터 팔

목까지 절개해 표피를 열었다.

"우!"

다시 신음이 나온다. 가지런히 드러난 그의 왼손 근육은 군더더기 없는 근육의 집합이었다. 팔 근육 활동을 좌우하는 이두근부터 그랬다. 파워를 더하는 삼각근도 철심 덩어리처럼 보였고 운동에 안정성을 부여하는 삼두근 역시… 기타 내외의 회전을 좌우하는 장무지외전근과 장장근 역시 철심처럼 단단해 보였다. 백택의 메스로도 고래힘줄을 베는 것만 같았다. 비교를 위해 일반 부검 메스를 대니 칼이 먹히지 않을 정도였다.

"부검은 여기까지입니다. 제가 간과한 게 있으면 조언해 주시기 바랍니다."

창하가 부검 완료를 선언했다.

"방금 그 팔 근육 말이야, 메스가 안 먹히는 거야?"

길관민이 먼저 손을 들었다.

"한번 해보시겠습니까?"

잠시 자리를 비켜준다. 관민이 메스를 들이대니 칼이 빗나간다.

"……?"

바로 정신을 차린 관민, 정신을 모아 집중하니 겨우 메스가 먹혔다.

"으음……."

관민이 고개를 갸웃거리며 물러났다. 창하가 옳으니 더 할 말이 없었다.

“난생처음 보는 상황이군. 쪼그라진 장기를 좀 확인해 보고 싶네만…….”

이번에는 송대방이 나섰다. 직접 체험한 그 역시 고개를 갸웃거릴 뿐이었다.

“이제 사인 발표하시게나.”

관망하던 소장의 입이 열렸다.

사인 발표.

모두가 창하를 주목한다. 체포된 이후에 급격한 고사로 사망에 이른 박상도. 창하는 과연 어떤 부검 결과를 내놓을 것인가?

창하의 시선은 시신의 복막에 있었다. 그중에서도 심장이다.

그걸 보며 잠시 생각에 잠긴다. 물론, 사인은 이미 창하의 마음속에 있었다.

[백택에 의한 고사]

그것이 팩트다.

그러나 국과수 부검실이니 그렇게 말할 수 없었다.

“사인은 ‘Senile Myocardium’입니다.”

“……?”

모두의 시선이 창하에게 쏠렸다.

‘Senile Myocardium’이라면 노인성 심근이었다.

“사망의 종류는 병사, 선행원인은 원인 불명의 노인성 심근으로 인한 급격한 노화와 쇠퇴입니다."

창하의 손이 심장을 가리켰다. 노인성 심근은 주로 70세 이상에서 보인다. 박상도와는 거리가 멀었다. 그러나 부정할 수도 없었다. 박상도의 시신은 노인성 심근사로 올라온 시신들과 크게 다르지 않았다.

"이상으로 부검을 종료합니다."

창하가 마감을 선언했다. 소장 이하 검시관들이 줄지어 부검실을 나갔다.

"수고했어."

송대방이 다가와 친분을 과시했다.

"이 선생."

송대방까지 나가니 피경철이 다가섰다.

"저, 실수는 없었습니까?"

"실수라니? 대박이었네. 실수 한 점 없었어."

"사인은요? 어떻게 생각하십니까?"

"노인성 심근… 물론 난해하지. 다른 사람 같으면 좀 더 쉬운 쪽으로 갔을 걸세. 심장근육병 같은 거 말일세. 다양한 원인에 불확실한 원인이라는 실드가 보장되니까."

"역시 저는 경험 부족이군요."

"진실한 거지. 경험이 진실보다 빛날 수는 없거든."

"고맙습니다."

인사와 함께 살인마의 부검이 종료되었다.

기자회견은 좀 빡셌다. 특히 고려일보 곽태우 기자와 HBS 마지한 기자가 그랬다. 의사 출신 의학 전문 기자들이다 보니 디테일까지 파고든다.

그러나 창하는 흔들리지 않았다. 그들이라고 해서 방성욱의 내공까지 넘볼 수는 없는 일이었다.

"마지막으로 질문합니다."

곽태우가 나섰다.

"이창하 검시관님, 오늘 발표한 이 부검의 사인에 대해 목숨의 마지막 날에도 자신할 수 있는 겁니까?"

곽태우의 시선과 창하의 시선이 만났다. 기자들은 생리적으로 정부 기관을 믿지 않는다. 그렇기 때문에 측면 취재를 더해 자기들이 유리한 쪽으로 분위기를 가져간다.

모처의 관계자에 의하면…….

국과수 고위층에 의하면…….

여기 언급되는 자들은 가공일 수도 있고 고위층이 아니라 '아무나'일 수도 있었다. 그러나 그런 의심도 창하의 신념에 영향을 줄 수는 없었다.

"오늘 부검 결과는 역사 앞의 진실입니다. 왜곡할 수도 없으며 왜곡할 필요도 없습니다. 박상도의 사인은 노인성 심근이 선행 원인입니다."

땅땅땅!

기자회견은 이렇게 마감이 되었다.

그 밤에 결국 일이 터졌다. 심장에 관련된 사고가 접수된 것이다.

—선생님.

첫새벽, 채린의 전화가 들어왔다.

—죄송하지만 부검을 좀 맡아주셔야겠어요.

"오세요. 저도 곧 갑니다."

통화를 끝내기 무섭게 일어섰다. 국과수는 24시간 부검 체제다. 언제든 출근만 하면 부검은 할 수 있었다. 채린이 긴장하는 건 사건 발생 지역 때문이었다. 지오프로스가 예측한 범죄 발생 지역과 가까웠다. 대학 졸업 5년 차 여성의 시신이었다.

60대 초반의 아버지도 보호자 자격으로 참관하게 되었다. 경찰과 부모의 판단이 다른 까닭이었다.

[경찰 측—자살]

[보호자—살인]

두 의견이 대립하는 건 사망자의 시신 때문이었다. 여성의 심장 부위에 과도가 '박힌' 것이다.

시신 발견자는 어머니였다. 늦은 아침까지 일어나지 않는 딸을 깨우러 갔다가 기절을 했다. 그녀는 병원에 입원한 상태였다.

심장을 찔린 사망사건.

초동수사부터 경찰의 과학수사력이 결집되었다. 그렇잖아도 갑호 비상령으로 촉각을 세우고 있던 차였다. 현장은 비교적 평온했지만 유서는 없었다. 대신 엎어진 자리에 혈흔이 홍수를 이

루고 있었다.

과도는 집에서 쓰던 것이었다.

의기소침한 딸을 위해 과일을 준비한 어머니, 그걸 들고 들어갔을 때 딸은 책상에 있었다.

"놓고 가."

딸의 반응이었다. 취업 문제로 신경이 곤두선 딸. 그 성질을 알기에 두말없이 물러났다. 그 칼이 딸의 심장을 찔렀다. 그 밖의 상처는 전혀 없는 단 한 방. 신고를 받고 출동한 형사들은 미궁 살인을 떠올릴 수밖에 없었다.

현장감식 팀이 도착하자 분위기가 달라졌다. 침입자의 흔적도 없고 성폭행 흔적도 없는 여성.

"자살 같은데?"

과학수사 팀이 의견을 내기 무섭게 아버지가 폭발했다.

"자살이라고? 야, 이 자식들아. 눈깔 똑바로 뜨고 수사해. 세상에 어떤 여자가 자기 가슴을 한 방에 찔러? 우리 딸이 무슨 미궁 살인마인 줄 알아?"

단 한 방.

주저흔도 방어흔도 없었으니 감식 팀도 속 시원히 말하기 어려운 사건이었다.

"어때요?"

대기실로 들어온 채린이 창하에게 물었다.

"분위기 봐서 미궁 살인은 아니고… 사진상으로는 자살로 보이네요."

창하가 일어섰다. 사진은 사진이고 부검은 부검이었다.

"시작합니다."

창하의 선언과 함께 불이 꺼졌다. 어둠 속에서 시신을 경건하게 바라보았다. 시신은 옷을 입은 채였다.

딸깍!

다시 불이 들어왔다. 옷을 입힌 채로 외표 검사를 했다. 청바지의 지퍼는 안전했다. 머리카락 역시 별로 흐트러지지 않았다. 피범벅이 된 상의를 들추고.

찰칵!

사진을 남긴 후에 피를 닦아냈다. 과도는 기가 막히게 심장 안으로 빨려 들어갔다. 다만 그 옆에 작은 상처 하나가 있었다.

'주저흔…….'

경미하지만 창하는 알았다. 심장을 직격한 전초였다. 칼끝으로 심장 부위를 가늠한 것.

자창의 방향은 우상향이었다.

아래에서 위쪽으로 손상을 입힌 모양이었다. 혹시 모를 손상에 대비해 루틴을 따라갔다. 임신도 아니고 성폭행 역시 검사키트에 반응을 하지 않았다.

"애석하지만 자살이 맞는 것 같습니다."

창하가 부검 결과를 공표했다.

"말도 안 돼."

아버지가 펄쩍 뛰었다.

"국민 영웅 부검의라기에 뭐 좀 다를까 했더니 자살? 여보쇼, 내가 어릴 때 이웃 아재가 자살한 걸 직접 본 사람이오. 남자가 자살을 해도 칼자국이 10여 차례가 있었는데 단 한 방? 이건 누가 봐도 전문가의 짓이야."

"보신 게 바로 주저흔입니다. 따님의 경우에도 주저흔이 없는 건 아니고요."

창하가 가슴의 작은 상처를 가리켰다.

"지금 장난합니까? 이 정도야 브래지어 같은 거에 긁힌 것일 수도 있잖아?"

"보여 드리죠."

창하가 가슴에서 제거한 과도를 집어 들었다. 그 끝을 상처에 대보니 모양이 딱 맞아떨어졌다.

"엽."

"과도로 심장 관통 자살… 물론 쉽지 않습니다. 하지만 이렇게 하면 그렇게 어려운 것도 아닙니다."

창하가 부검 도구 중에서 칼 하나를 골라들었다.

"가슴에 대고 거꾸러지거나 벽에 충돌하면 가능하죠. 따님은 그런 방법으로 엎어졌습니다. 여기 자창을 보시면 아래에서 위를 향하지 않습니까? 그게 증거입니다."

"말도 안 돼."

"댁으로 가시죠. 현장에 제 말을 뒷받침하는 증거가 있을 겁니다."

"우리 집?"

아버지가 발딱 시선을 들었다.

"여깁니다."

채린이 사건 현장 안으로 들어섰다. 폴리스 라인 안에는 아직도 혈흔이 가득했다.

"대체 여기 무슨 증거가 있다는 겁니까?"

아버지가 목소리를 높였다.

"잠깐만요."

창하는 머릿속에 여성의 자살 현장을 그리고 있었다. 엎어진 각도를 알아야 했다. 여성의 방은 운동장이 아니니 그리 어렵지는 않았다.

"설명드리죠."

퍼즐을 완성시킨 창하가 설명에 돌입했다.

"부검실에서 말씀드린 게 맞다면 방 안 어딘가 칼자루 자국이 남았을 겁니다. 따님의 체중이 실린 자국 말입니다."

"칼자국."

"가슴에 대고 엎어지면 반드시 남게 됩니다. 벽이든 바닥이든 그게 없다면 아버님 말씀대로 누군가 찌르고 달아났을 수 있습니다."

창하의 시선은 벽에 있었다. 여성이 쓰러진 자리와 대입되는 위치. 그러나 칼자국은 없었다.

"없지? 내 말이 맞잖아? 우리 딸은 누군가가 죽인 거라고."

"잠깐만요."

창하의 시선이 바닥 장판으로 내려갔다. 홍건하게 말라 버린 혈흔이었다.

"혈흔 조사는 끝났나요?"

창하가 채린에게 물었다.

"네."

"그럼 좀 닦겠습니다."

창하가 휴지를 찾아 시커멓게 말라붙은 혈흔을 닦아냈다.

"나 참, 걸레질이나 하는 게 무슨 국과수라고……."

아버지가 콧김을 뿜지만 창하는 개의치 않았다. 그리고 마침내 바닥이 드러났을 때…….

"자국이 있습니다."

도와주던 형사가 소리쳤다. 자국이었다.

비닐에 담긴 증거물 과도를 들이대니 칼자루 끝과 딱 들어맞는 흔적이었다.

"여기로 엎어졌군요. 장판에 남은 이 흔적이 자살의 증명입니다. 칼자루와 장판의 자국 매칭… 아버님을 위해 정밀 감식을 해주셔야겠네요."

원샷 자살!

창하의 설명이 끝나는 순간이었다. 가족에게는 패닉이지만 죽은 사람에게는 나쁘지 않았다.

최소한의 고통으로 목숨을 마감한 것.

"어흐."

아버지가 그 자리에 주저앉았다. 자식의 자살. 누구라서 믿고 싶을까?

부모가 진심으로 원하는 건 자살이나 타살의 증명이 아니라 죽은 딸이 살아 돌아오는 것이다. 하지만 그것만은 창하도 어쩔 수 없는 일이었다.

그렇게…….

셋째 날도 지나갔다.

『부검 스페셜리스트』 3권에 계속…